二魚文化

離奇料理

Grotesque Dishes I Ever Made

朱國珍

目次

6 廚娘日記
34 最後一味
48 人妻初體驗
58 冰山大嬸
80 哀愁的食物
104 玉米的眼淚

離奇料理
Grotesque Dishes I Ever Made

116 心靈雞湯
132 我的小肉肉
150 胎教前世今生
174 月光果園
190 淡蛋人生
210 早餐溫度
230 離奇料理
246 念麵不忘

廚娘日記

我常常思考，我之所以沒有天賦成為一個優秀的廚娘，應該跟我第一次買菜的經驗有關。

父親疼我，雖然是女兒身，卻從來沒有讓我進過廚房，古代女子必備德性，例如〈古詩為焦仲卿妻作〉中的「十三能織素，十四學裁衣，十五彈箜篌，十六誦詩書」，除了誦詩書之外，那些縫補衣物或學習音樂的才情，自年幼起便從未被啟發過。《周禮．天官．九嬪》所提及：「婦德，婦言，婦容，婦功」等四德，我那雄赳赳氣昂昂的父親更難以親自示範教學。最後一項的「婦功」，指的正是婦女做家事的基本功，我也是一點概念也沒有。身為女性，我的童年，實在是個天真野蠻的長公主啊！

大約在國小三年級的時候吧，父親也將近六十歲了，某次正在做晚餐，突然發現沒有青菜。那時紅燒肉滷到一半，排骨湯剛剛煮沸，油炸饅頭才正要切片。說起油炸饅頭，是我小時候最愛吃的點心之一，父親將結實的山東大饅頭切片，直接放進熱油鍋中炸成金黃色，起鍋瀝乾油脂後，灑一點鹽巴，口感有點像是現在最流行的「流淚吐司（法式小吐司）」，硬脆酥香，只是流淚吐司做甜口味，我家老父親自己發明的「炸片片兒」是鹹口味。總之，就在父親一團手忙腳亂之中，他發現今晚餐桌上沒有青菜，於是給我了二十元，囑咐我去街上專賣蔬菜的商店買把青菜。

「買菜要怎麼買？」我從來沒有買過菜，連陪爸爸去菜市場的次數，五根手指頭都數不完。

「挑一把青菜，給錢，就買到了。」父親說。

「我不會挑青菜。」我更加惶恐。

「妳挑妳喜歡的就可以。」父親安慰我，隨即補充一句：「空心菜總認識吧？」

生平第一次去買菜，在花園踟躕了半天。夜色將臨，小狗也在等待吃晚餐，牠杵在我的腳邊繞圈圈，我真希望拉牠陪我一起去買菜，為我壯膽，因為我從來沒有做過這種事。我很會念書，學校老師教的任何科目，聽一次就懂，回家再複習一次就可以考滿分；我很會運動，任何考驗統合能力的跳高、跳遠、游泳、羽毛球我都很拿手。但是買菜！要跟一個陌生人交談，而且那陌生人還是個精明又錙銖必較，經常讓我感覺到眼神具有殺氣的生意人，讓我很害怕。我只有九歲，我根本不知道應該如何挑出漂亮的青菜，我甚至連青菜有哪些種類都分不清楚。只有空心菜讓我印象深刻，因為它的莖有孔，每次父親炒空心菜，我都會從盤中撿出菜莖，當作吸管，朝他吹氣，或試圖用空心菜梗吸排骨湯，而被父親責備。

父親交代了任務，身為一個熟讀二十四孝的乖女兒，我必須要完成使命。於是我孤單地走出家門，走進街上，傍晚時分，家家戶戶都傳出了烹調晚餐的菜香，陳媽媽家正在煎鹹魚，腥羶又開胃的味道撲鼻而來，躲也躲不掉；郭媽媽家應該是在燉四物湯，濃濃的中藥味，為她家剛考上公立高中的女兒「轉大人」；我最愛李伯伯家的東坡肉，他總是有辦法讓肥肉變成棉花糖，不敢吃肥肉的我，遇到李伯伯的東坡肉，瞬間失去抗拒肥肉的記憶。有次他來我家打麻將，順便帶了些紅燒東坡肉當做晚餐，第一圈還沒打完，整鍋東坡肉，已經全部進到我的肚子裡。對了，還有蔣媽媽家的粽子，天下第一！每次她家包粽子，都會熱情地分送鄰居，一起分享，我最高紀錄每天吃三粒，連續一個禮拜後胖五公斤。現在，走在巷子裡，聞到了粽葉與糯米香，恍然想起，端午節又快到了。

而我的任務是買青菜。

往大街上賣菜的商店行走，沿著小巷，愈靠近市集，路邊愈是經常有些流動攤販，他們多半是住在附近山區的老人家，揹起一根扁擔，兩邊挑著竹編的圓形簍子裡，盛裝些自己種的青菜。按照季節各有特色，有時是蘆筍、有時是筊白筍、大多數時候販售的都是葉菜類，以地瓜葉為大宗。

還沒走到大街上，竟然飄起了微微細雨，果然端午節之前的天氣，都是陰晴不定，乍暖還寒的春意。我一邊走路，一邊好奇地望著沿途的攤販，我喜歡觀察，用眼睛看，然後猜想他們的故事，為什麼一個中年男子，會在路邊打開一只皮箱，叫賣著拍立得相機？為什麼一個漂亮的阿姨，會天天在熱油鍋前賣蔥油餅？為什麼會有跟我一樣年紀的孩子，陪著他爸爸賣水煎包，在旁邊負責幫客人添醬油辣椒？為什麼會有一位老太太，孤獨地蹲在巷邊最角落的地方，她瘦弱的身軀，彷彿連頭上的斗笠都快撐不住，單薄的花布襯衣，在這入夜後溫差極大的城市邊陲，更顯飄零，而她身旁的竹簍，依然盛裝著滿滿的各式青菜。顯然，她今天的生意不太好，沒有人注意到她的青菜。

而天空正下著雨。

我其實已經路過了老太太的流動地攤，繼續往前走，按照父親輸入的指令，到大街上乾淨明亮的蔬菜專賣店，買一把青菜。但是，我愈往前走，老太太的畫面愈強烈。街上行人匆忙，他們似乎都趕赴著康莊前途，沒有人在意身旁的黯淡風景，特別是在漆黑又下著雨的夜裡，彷彿躲避厄運似的，每個人都急著朝向錦上添花的光明。我又想起老太太，如果賣不完她的青菜，是不是又要一個人孤單地，將這些沉重的貨物全部揹回山上去？

於是我轉過身，走回老太太的地攤，跟她買一把空心菜。

「十五元。」她說。

我付了錢，找回五元，開心地走回家。

雖然淋濕了頭髮，但是我的心情非常雀躍，我會買菜了！我敢跟做生意的人打交道了！雖然她是一個老婆婆，但真是一個溫暖的老婆婆啊！

回到家，做菜非常有效率的父親，已經完成了所有的料理，只等著我的青菜。我把這一袋空心菜交給他，等待父親的讚賞。

沒想到，父親從袋中拿出這把空心菜之後，稍微皺了眉頭。他問我：「這是在店裡面買的嗎？」

喔，怎麼了？我心想，父親怎麼這麼神通廣大，連是不是店裡面買的青菜都能判斷的出來。我據實地說出買菜的經過，坦承這把空心菜，是向路邊一個蹲在地上的老婆婆買的。

「花多少錢？」他又問。

「十五元。」我回答。

「孩子啊！同樣的價錢，在店裡面，可以買到兩把又肥又大又漂亮的青菜。妳這一把空心菜，是我見過最瘦弱的空心菜啊！」父親說。

在晚餐的桌上，盡是擺滿整碗盤，幾乎快要溢出的紅燒肉、排骨湯、番茄炒蛋。只有我買的空心菜，全部炒熟之後，還裝不滿一個正常的餐盤，看起來似乎只足夠一人享用。平常可以拿來當吸管吹氣的空心梗，現在軟得像麵條，和原本就單薄的葉子攪和在一起，分不清是葉還是莖。

我第一次買菜，落得這樣的結局，父親沒有責怪我。因為他自己也是一個會爬到水溝裡去救出四隻小狗，然後不小心摔到骨折的人。

「小狗應該帶回來養。」我說。

「誰養？」父親問。

「我。」

「妳幾歲？」

「八歲。」

「八歲自己也還是個小狗。」父親說。

「哼！汪汪！」我學著狗叫，跑去父親的背後，抱住他的肩膀。

當我自己成為母親，開始為孩子的健康與營養花費苦心，我才發現，那句俗話說：「要抓住一個男人的心，得先抓住他的胃」，其實沒什麼道理。我的兒子是個男人，我的廚藝這麼糟糕，煮麻油雞讓父親在醫院瀉肚，煮魚湯也讓朋友在醫院拉肚子，炒米粉變成乾妹妹的催吐劑，煎香腸害親妹妹食物中毒就醫急診。但是，我的兒子沒有因此而唾棄我，我們的心，還是緊緊地連在一起。

我喜歡在家享受全家人一起用餐的感覺，雖然完整幸福家庭的美夢破碎了，但是我還有個兒子，陪伴我共度溫馨的晚餐時光。只是這個廚娘不太專業，從採購清單、冰箱管理、食材分配、烹飪標準，從來沒有一套標準作業程序，隨興、隨意、又隨便，因此常常出現有點奇怪的狀況。

比方說，友人致贈某生技公司出產的美味沙茶醬，健康低鹽又低油，卻被我不小心擺到廚櫃裡忘記了，等到發現的時候，保存期限只剩下一個星期。秉持著勤儉持家的優良傳統，我立刻打開來使用。於是，當天晚餐出現在桌上的是：沙茶醬拌乾麵、沙茶炒肉絲、沙茶炒青江菜、沙茶拌豆腐、沙茶荷包蛋。

兒子一邊吃著沙茶醬大餐，一邊說：「今天的晚餐很奇妙喔！」

「那麼你就把菜全部吃完吧！」

「喔，謝謝！我吃完這碗飯就夠了。」

類似的答案，也發生在他八歲的時候，那時，我從河南鄭州帶回碩大美麗的當地特產大紅棗，已經去了籽，可以當點心吃。我很喜歡吃紅棗，因為本草綱目有記載：「棗味甘、性溫，能補中益氣、養血生津。」對於像我這樣神經衰弱，貧血消瘦的人最有幫助。於是我把紅棗當糖果吃，也希望兒子跟我養成一樣的好習慣。他嚐了一個，我問好不好吃，他翹起大拇指說讚，連聲歡呼：「好吃！好吃！」

我說：「再吃一個吧？」

他回答：「謝謝，一個就夠了。」

感覺我兒子是個很容易滿足的人，這樣我也就很滿足了。

·——·

自從我的買菜初體驗，獻給了孤獨的挑扁擔老婆婆之後，我便發憤圖強想要學習挑選ＣＰ值最高的青菜，後來發現，挑來挑去，還是只會挑那些容易清洗，葉面寬大的青菜，例如青江菜、鵝白菜、荷葉白菜、地瓜葉、福山萵苣、小白菜、小松菜等等。那些細皮嫩肉的莧菜、京都水菜、野澤菜、蘿蔔葉，經常讓我站在水龍頭前洗到腰痠背痛，而成為百分之八十的拒絕往來戶（另外百分之二十的購買意願，是為了健康的理由，不能長時間吃同樣的青菜，避免同樣的農藥中毒。所以心情好體力佳的時候，還是會換一下口味，買些超級難洗的蔬菜回來料理）。

對於青菜，我還有一個死穴，就是有一種最難卻也最常處理，必須泡水一個小時，再用流動的水滌清三十分鐘，接著耐心一節一節的切斷，削去粗硬的莖皮，還翻開細瑣的葉片，檢查黑點或蟲蟲的這種青菜，叫做青花菜。我有個貴婦朋友，她在微風廣場買高級進口牛排、明蝦、海膽、鮭魚卵到水蜜桃從不手軟，但就是不給孩子吃青花菜，她說青花菜的葉子裡很多蟲，永遠洗不乾淨。我懷疑她的說法，有一次特別拿放大鏡去觀察青花菜如小肉瘤般的蕾葉，不知道是放大鏡太便宜，還是我的眼睛有問題，我仔細看了十分鐘，沒有看到任何蠕動的軀體。

美國前總統小布希，當選總統之後立刻宣布他最恨青花菜，現在好不容易當上總統，終於可以有權利不再委屈自己，聲明拒絕吃青花菜。結果，這個舉動引起青花菜農震怒，寄送了幾千公斤的青花菜去白宮，讓幕僚分送給許多慈善機構才漸漸平息這場糾紛。但是歐巴馬的風格則完全相反，他執政之後，和夫人米雪兒，都擔心美國兒童身材過胖的問題，提倡健康飲食，鼓勵大家多吃蔬菜水果。歐巴馬說，他最愛的就是青花菜。

安安的父親說：「美國最笨的總統就是小布希，他不吃青花菜；最帥的總統是歐巴馬，他最愛吃青花菜。你怎麼選擇？」

於是，兒子決定要成為一個比美國總統小布希還要厲害的人物，就是吃青花菜。其實，科學研究證實，綠色花椰菜含有豐富的鈣質與多種維生素，是「十字花科之王」，其中的花青素，β胡蘿蔔素、葉黃素，不但是抗癌良方，對視力也有很大的幫助。

我父親生我的時候已經四十八歲，做菜給我吃的時候，也已經是五十多歲的老人家，他是個負責的父親，餐餐用心烹調，若要挑毛病，唯一的問題就是洗菜洗不乾淨。偶而在白菜裡看到肥肥的蟲子，或糖醋吳郭魚旁邊有螞蟻。儘管我大呼小叫，父親每一次都淡定地，用他穩重濃厚的鄉音回答我：「別擔心，這些蟲子都是蛋白質與胺基酸，吃下去不害人。」

直到我也開始做菜，有感於這繁複瑣碎的動作，對一個四十歲的女人而言，都是辛苦的料理過程。更何況，我開始可以吃大人食物的時候，父親已經五十多歲了。他老人家照顧我的三餐直到大學畢業，算一算，總共做了二十二年的家庭主廚，做菜做到他七十歲高齡。

而我，除了把青菜洗得很乾淨，別無是處。

逛菜市場的時候，又遇見了不同的賣菜老婆婆，時隔數十年，現在的老婆婆不挑扁擔了，她們用手推車，省力又方便。我看到一把好青翠的芥藍菜，葉片厚肥，顏色鮮潤，彷彿是個天然的綠美人，真想把她當作鮮花帶回家。然而，我猶豫的是，芥藍菜的梗又細又多又硬，一定要削皮才脆嫩好吃，每次處理這道手續，都要花上半個小時的功夫。

「不難！不難！我來教妳獨門功夫。」老婆婆熱心的說，一邊示範，如何用手指甲摳剝芥藍菜硬皮。她做的輕鬆愜意，瞬間就幫我剝好了一叢芥藍菜梗，得意的說：「很簡單吧！妳回家就按照我這樣做，一下子就好了。」

我回家後試圖如法炮製，卻完全模仿不來老婆婆流暢的速度與效率，我剝的極慢，甚至找不到該下手剝皮的地方。我懷疑今天買芥藍菜的那個時空是一場夢境，那個親切的老婆婆，其實是我心裡面佛洛依德的母性象徵。

三十分鐘後，右手的每一片手指甲都好痛，我想換左手，動作更慢，眼看時間一分一秒接近兒子回家吃飯的時刻，我還在忙著剝芥藍菜的皮。

晚餐時光，是我們母子一天最輕鬆的相聚時刻，他喜歡跟我分享「校園紀事」，我則是想到什麼說什麼。那晚，我對安安說：「為了剝芥藍，讓你吃到好吃的部分，我剝得手指頭好痛喔！」

他回應一聲：「嗯！」

「就這樣喔？」我心想，辛苦了整個傍晚，手指甲都快剝離手指頭了，只換來一聲嗯，感覺好辛酸。

沒想到他馬上說：「咦，妳通常都會接著說：『你不愛我了喔？……』不是嗎？妳應該接這句話呀。」

「呃……。我平常都是這樣說話的嗎？」我有點尷尬的問。

「是啊！每次只要我沒有認真聽妳抱怨，妳都會說：『你不愛我了喔！』」

他一邊學我說話，一邊故意嬌嗔著鼻音。

原來我都是這樣跟兒子對話的。唉唷好害羞，可是心中又充滿了甜蜜……

・——・

兒子從小吃我做的菜，幾乎不加鹽，他習慣了食物的新鮮原味，也很容易分辨食物的好壞。

他未足四歲時，我們去花蓮旅行，當時我們母子倆開著一輛車，沿途隨意看風景，隨意吃。抵達花蓮市，正值午餐時間，因為對路況不熟悉，也沒有參考任何餐廳推薦書，只想找個門口方便停車的地方，讓兒子盡快果腹。眼前剛好出現一個「滷肉飯」招牌，又有停車位，我們就光顧了這間餐廳。

夏日炎炎，用餐的人似乎也不想在最燥熱的時候出門，店裡沒有一個客人，連冷氣都還來不及打開。老闆看到我們進來，殷勤問候，我那時已長期厭食，先為兒子點了一碗滷肉飯、燙青菜、蛋花湯。自己雖然沒有胃口，但是稍後還要繼續開車長途旅行，勉強點了一碗現煮的湯意麵，支撐體力。

只見老闆忙進忙出，等了二十幾分鐘才上菜。兒子那時候乳牙尚未長齊，我帶他出門，必定隨身攜帶一把乾淨的小剪刀，將青菜與肉片剪成碎末，讓他容易吞嚥。滷肉飯已是碎肉末，則沒有這項煩惱。只是，當我餵孩子吃下第一口之後，他明顯地露出厭惡的表情，之後，拒絕再吃這碗滷肉飯。

兒子溫良恭儉，餐餐任憑我幫他配好營養均衡的食物，這一次，不願意再吃這碗加了碎青菜的滷肉飯，有點讓我意外。此時，老闆突然走過來，問我們：「食物都好嗎？滷肉飯有沒有問題？」

老闆的問候有點奇怪，但我當時長期陷於憂鬱狀況，一時之間無法反應，只對他微笑點頭。

孩子不肯吃滷肉飯，我只好把麵條從湯裡面夾出來，放在碗裡，吹冷了再餵他。這麵條除了沾到一點肉湯，拌進一些蛋花之外，沒有其他的調味，他卻吃的開心，一會兒就吃完了。我問他還要不要第二碗？他搖搖頭。

剩下整碗滷肉飯，我看了可惜，決定自己把它吃完吧！沒想到，才挖了一湯匙送進嘴裡，驚嚇指數破表！這是什麼怪味道？簡直就是用一年沒洗腳的臭襪子當成滷包，和絞肉混在一起煮熟的肉臊。恐怖又噁心極了。這是一股我從來沒有品嚐過的怪味，像是豬圈的餿水加洗澡水，又像是重新煮沸加熱的廚餘，更像是千年木乃伊的裹屍布，薰得我五雷轟頂。難怪老闆自己也心虛，會刻意過來問一聲：「滷肉飯有沒有問題？」果然是有很嚴重的問題。

我立即帶著兒子付錢，奪門而逃。在開車的路上，口腔裡還殘餘著胃食道逆流的臊味。想想，兒子的基因還是比我還優良，只有三歲多的他，被我餵到嘴裡的那一口溝底油，幾經咀嚼猶豫，還是堅忍地吞了下去；而四十歲的我，在飲食方面毫無修養，這麼臭的豬肉還來不及碰到牙齒，我就當場全部吐到碗裡。

兒子對於食物的敏銳度，與判斷力，遠遠勝於我。六歲時我帶他吃過一次廉價百元牛排，也為了幫他慶生，讓好友惠美阿姨請過一次Lawry's牛排。隔了一陣子，他說想吃牛排，我因為阮囊羞澀，只能去廉價牛排館，他說這樣就不用去了。我問為什麼？他說因為一百塊的牛排很難吃，他寧願不吃。

我愛吃包子，也常買包子當作兒子的點心。最常買的是東區二一六巷的潮州包子，雖然外型一看就知是機器揉的，體積一致，但是獨特的肉餡配方，清香的蔭油融入適當五香粉與胡椒粉，完全調和在肉裡，不會滲出油汁，乾淨清爽，是潮州肉包的特色。後來有人提起復興南路的姜太太肉包，這是典型的外省包子，麵糰扎實，手工搓揉的包子皮羅列著自然皺褶，黑豬肉內餡只加蔥加鹽，純粹原味，湯汁豐富，吃時小心燙口。

品嚐過兩間風味不同的包子店後，我問兒子，覺得哪一間比較好吃？他說：「姜太太包子的皮好吃；潮州包子的餡兒好吃。」那時候，他只有六歲。

品味這種東西很奇妙，做媽媽的經常在廚房裡端出離奇料理，可是兒子還是能夠分辨出美味的等級，果真是有一種上帝吻過的舌頭，賜予了獨特的美食天賦？

我沒有章法的廚房料理，如果有值得安慰的地方，就是這種手藝還能將兒子撫養的高高壯壯，也堪稱兒子的報恩。自從他四歲時被中醫診斷「陽火攻心」之後，我已經減少了用整隻雞煲出濃湯精華的次數。但我還是常常燉雞湯，因應節能省瓦斯，我每次只使用一隻大塊土雞腿，加入高麗菜或紅蘿蔔，燉煮半個小時之後，便是一鍋清爽的蔬菜雞湯。

那天不小心解凍了一隻土雞腿，本想加入早上剛到菜市場買的新鮮山藥，煮一鍋山藥雞湯，突然想到，好像還有一鍋已經連續喝了好幾天的金華火腿雞湯，怎麼冰箱裡都是雞湯？這樣的物流品管也太奇怪。於是我決定換個口味，把土雞腿拿來紅燒。但是，早晨買的山藥已經洗淨切塊了，我該怎麼辦呢？那麼，就一起加入雞肉裡紅燒吧。我望著炒菜鍋裡逐漸被醬油染色的山藥，心裡突然湧起一股憐惜之感，好可惜！新鮮山藥有一股甘甜綿密的香味，直接沾和風醬，或紫蘇梅汁，生食也很可口，怎麼這樣就被我丟進鍋裡跟雞肉醬油大雜燴。我該怎麼挽救山藥的清香呢？我該如何把屬於山藥，與屬於雞肉的美味，成功的結合在一起呢？有沒有什麼食物或調味料，可以搭起這座友誼的橋梁，讓我做出一道完美的山藥紅燒雞呢？

突然想起很久以前買過八角，當時可能想滷蛋，結果沒滷成，就留下了一罐八角當做紀念品。現在，剛好派上用場，我只用一顆八角調味試試看，能不能發揮「鵲橋」的效用。

平時最愛吃肉的兒子，當晚看到這一盤豐富的紅燒土雞腿，反常地吃了一塊雞肉便不再舉筷。

我問他為什麼？

「你要聽『不傷心的謊話』還是『會難過的實話』？」

我都要聽。

兒子說出了第一套臺詞：「這真是太好吃了！好美味啊！太讚了！像是天方夜譚。」

我說：「這一聽就是假的，太噁心了。」

「妳真的要聽實話嗎？」他問。

我點點頭。

第二套臺詞：「你平常清燉雞湯的雞腿很好吃，可是今天的雞腿肉有一種奇怪的味道。」

我從餐盤裡，挑出那一顆八角，給兒子聞一聞，問：「是不是這個味道？」

他說是。

「你知道嗎，在流感猖獗的時候，一度傳說八角可以治療流行性感冒，造成民眾搶購囤貨。」我故意找個理直氣壯的藉口。

所以呢？

「所以我挺愛這味道的。」我說話的聲音愈來愈小聲。

兒子今天的胃口顯然不太好，他指指桌上的青菜：「這個拌了奇怪醬料的青花菜，也是妳天馬行空想出來的吧？」

確實，那是我把白芝麻醬、黑芝麻醬混合了麻油、醬油、黑醋、鰹魚粉，自己獨創調製的手作芝麻醬。

望著滿桌食不下嚥的菜餚，這個時候，兒子竟然還能輕鬆地說：「經過妳的調教，我已經失去了美食家的寶座了。」

最後，這位「美食家」，還是體諒廚娘的辛勞，乖乖地把他應該吃完的晚餐分量，終結乾淨。

・——・

鄰居俞奶奶送了我一顆大南瓜，說是她南部的親戚，自己種的有機南瓜。重視養生的俞奶奶，熱心地傳授我烹調祕方，她說南瓜本身具有甘甜的口感，愈是自然的吃法愈健康，她建議我每次切一小塊，放進電鍋裡蒸熟，直接吃就好。如果喜歡口味重一點，可以灑一點點鹽巴調味。

我對南瓜這種龐然大物，經常存在著一種茫然感，它的皮太厚，很難切，每次都讓我切到手指頭。而且，我會為了到底要不要吃南瓜籽這類小事煩惱。國外的醫學文獻都說，南瓜籽是南瓜的精華，不但可以萃取出南瓜籽油，沾麵包或烹飪菜餚都營養，還可以製作成南瓜籽膠囊，強健男人的攝護腺。南瓜籽對女人的微量元素補給也有好處，每一百公克南瓜籽的鋅含量為七．八毫克，連牡蠣都望塵莫及。

只是，當南瓜籽和南瓜一起煮，常常讓人吃得很辛苦，既要忙著吞南瓜肉，又要忙著吐南瓜籽，真是一種品味的兩難。

我對南瓜的罪惡感還有一項，這只能怨怪自己的無知。我一直不知道餐廳裡的「金瓜炒米粉」，指的是南瓜炒米粉。我人生當中四十多年的精華歲月，都一直把「金瓜」當「地瓜」，所以從來不在餐廳點這道菜。現在明白了真相，覺得自己真可恥。

居住在山上的好友，鄰居媽媽們知道我的廚藝有障礙，紛紛熱心協助指導烹飪的技巧。關於南瓜，有人傳授了家傳金瓜炒米粉食譜。先刨南瓜絲，爆香蝦米後，放入南瓜絲炒煮，最後加入米粉。切記，水量要拿捏均衡，因為水太多，會變成米粉煮南瓜湯，而不是炒米粉了。

我按照好友的說法，一步一步操作，前面的步驟都沒問題，只是在爆香蝦米的時候，才發現，忘記先把乾貨蝦米泡軟，但是南瓜絲已經入鍋了，水已經入鍋了，如果沒有蝦米的調味，這道金瓜炒米粉，可能就變成齋菜了。那麼，反正水滾了，我就趁勢把乾貨蝦米丟進去，讓沸水融化它的硬度。順便再多加一點水，以免蝦米來不及煮軟。只是沒想到，米粉放進去之後，吸水的速度遠遠勝過蝦米，我在一陣慌亂之中，擔心米粉炒到乾焦，便觀望著還有濕度之餘，把炒米粉全部撈出來。起鍋時，鏟子碰觸到蝦米，直覺上有點不對勁，果然，拿起一粒先嚐，蝦米還是硬的，跟魷魚絲一樣充滿嚼勁。

鄰居好友又分享一道最省事南瓜湯料理法。她說：「按照我的作法，可以省卻果汁機攪成泥的繁瑣過程。」好友建議先將南瓜去皮去籽，直接放入電鍋蒸熟，熟透後的南瓜質地柔軟，放進炒菜鍋裡用湯勺搓軟壓扁，再加入清水攪拌熬煮，就是南瓜濃湯。最重要的關鍵，是「調味料」，她強力推薦某標示為「北海道」鮮奶油口味的高湯塊，她說煮起來跟西餐廳賣的南瓜濃湯一模一樣。

我聽了大喜，這麼簡單的作法，以我的冰雪聰明，絕對沒有問題。我現在已經有了南瓜，只要去買個「北海道」高湯塊，美味的南瓜濃湯，幾乎已經可以聞到香味了。但偏偏這麼不巧，逛了兩間超市，就是買不到來自北海道的鮮奶油高湯塊，在心灰意冷之際，又渴望在今晚推出新料理的期望下，隨便拿了一包號稱也可以作南瓜湯的×寶濃湯粉，心裡想著，不過就是調個味道，不至於天差地遠吧。

當我費了一番苦心，終於煮成一鍋南瓜濃湯時，該是最後放調味料的時候了。打開×寶品牌的濃湯粉，味道怪怪的，有股甲殼類動物的魚腥味，仔細看包裝，上面寫的是「×寶海鮮南瓜濃湯」。這下心頭一驚，怎麼從北海道奶油濃湯，變成了海鮮濃湯，這個，味道行嗎？

本質清甜，香氣自然的南瓜，被我這又蒸又煮又壓爛又放錯調味料之後，像是融化的海陸兩棲黃色大水怪。它披著大地的金黃色澤，卻煽進腥鹹的海產味，喝一口濃湯，湧進嘴裡的是數不清海藻蝦米小螃蟹跳躍的滋味，完全感受不到有機南瓜的植物性新鮮。

我騙兒子說，這是新口味的南瓜濃湯。

他喝了一口：「謝謝。很好喝，可是我不想再喝第二口。」

我不再說話，因為連我也不想再喝第二口。

剩下的南瓜湯，放進塑膠彌封袋裡冷凍了一年。換句話說，我儲備了一年的勇氣，最終還是無法喝下剩餘的南瓜湯。一個失敗的作品，就算時光在攝氏零下的溫度暫時停止，它還是失敗的作品，不會因為冷凍就能夠成功挽回。這樣愛惜食物的心情，用在失戀的滋味，彷彿也有那麼一點相似。

．——．

我提醒安安今天一定要倒垃圾。

「為什麼？」他問。

我說：「因為裡面有生魚片。」

「生魚片？」最愛吃生魚片的他，眼神裡透露著疑惑。我猜想，那是因為他認為，既然有生魚片，為什麼不拿來當晚餐吃，而要浪費丟棄。

我向他解釋：「我半年多前買的白帶魚，放在冷凍庫，今天解凍了之後想要煎熟，但是發現魚肉的結構已經改變，整個纖維化，還會擠出水。我不敢吃，只好丟掉。」

「喔！那是腐魚片。」他為冷凍櫃裡的白帶魚，下了最後的註腳。

．——．

用完餐後，利用兒子吃水果的時間，我瞄了一下臉書，剛好看到有人推薦「烤魚網」讚！廣告上說，日本料理店專用的薄鹽燒烤鯖魚，現在回饋價一片四十五元，十二片免運費。我心動地立即連結到「烤魚網」網頁，想要下單購買。

「安安，快點幫我心算，一片魚四十五元買十二片要多少錢？」

他立刻算出是五百四十元。

我開心地說：「不會貴啊！我現在就在烤魚網下單購買。」

兒子在餐桌對面凝視著我，淡定的說：「你連烤箱都捨不得買了，還烤魚網咧！」

對喔。我現在才想到，我沒有烤箱。

．——．

長期以來，為了健康，我都是買無糖的優酪乳。兒子跟著我這樣喝了有兩年的時間，有一天他說：「媽媽，下次可以買有糖的優酪乳嗎？」

我說好，沒問題。

三天之後的早餐，母子倆溫馨的親子時光。

「媽媽妳少半根筋，又給我喝無糖的優酪乳。」他說。

「喔！」

「其實妳兩年前就少半根筋。」他說。

「那麼我現在總共少了一根筋是嗎？」我口氣充滿挑釁地說。

還不會吵架的十歲兒子，默默低頭把無糖優酪乳喝完。

‧——‧

如果我晚上外面有飯局，必須讓兒子一個人在家吃飯，我會作好便當，放在電鍋中，讓他自己回家蒸熱了以後食用。第一次這麼嘗試，他吃完晚餐後，打電話給我，說便當剩下一點點沒吃完。

我問他為什麼？

「因為早餐和中餐都吃太飽，剛才又吃了一些其他的東西。」他說。

「安安，晚餐前不能吃其他的零食。」我在電話的另一邊警告他。

「我沒有吃零食，就是不太餓，所以剩下一點點。」

我問他剩下的是什麼。

「雞肉。」

我說：「喔！安安，那是我好辛苦，忍受血腥，一塊一塊仔細認真切出來的去骨雞腿肉啊！」

「換成其他的食物妳也會這麼說。」

我在電話那頭，機伶地回應：「你如果剩下大蒜，我不會這麼說。」

回家之後，便當裡還有三片小雞塊，自己嚐了一口，我的媽啊！是甜的。回憶起新買的國產米霖，沒試過味道就倒進三分之一瓶用來紅燒一塊雞腿肉，所以，這完全是「糖漬雞塊」。他能吃掉一半，我應該感恩了……

．——．

我是個散漫的廚娘，可以窩在家裡吃冰箱儲存的冷凍食物活下去，一個星期不出門不是意外，常常這樣懶得出門與吃東西，也就常常忘記買菜。有時候發現得太晚，還好冰箱裡還有蔥跟蛋，與前幾天吃剩的冷藏白飯，那麼，就炒一盤蛋炒飯當晚餐。

我最擅長「黃金炒飯」。打一顆蛋，充分攪拌，放入一碗白飯，浸泡，讓每一粒飯都沾上蛋液。開小火，炒菜鍋裡放進苦茶油，爆香蔥末，放入浸泡了蛋液的白飯，慢慢翻攪，均勻加熱，等到飯粒上的蛋液收汁，變得乾燥，灑一點鹽巴，就可以起鍋。

「媽媽，我好喜歡吃妳做的炒飯，這是全世界最好吃的炒飯。」每一次安安都會一邊吃著炒飯，一邊歌頌我的炒飯廚藝。

正當我心花怒放，在廚房裡找回一點點自信心的時候，兒子突然補充了一句：「媽媽，妳的炒飯真的好好吃。妳就按照這樣的步驟正常做，不要自己亂加『核廢料』。」

核廢料？

核廢料？

核廢料？

親愛的寶貝，我不用加入核廢料，我自己就是核廢料。那種具有放射性同位素的強烈物質，因應不同的元素有不同的半衰期。我的半衰期，是用眼睛看著你，看著你，直到天荒地老的那一天，直到海枯石爛的那一天，也要守護著你，抗拒所有的衰變，成為你最忠實的城堡，愛的核子反應爐。

最後一味

父親是道地的北方漢子，嗜愛嚼勁陽剛又厚實的麵條。無論是刀削麵、陽春麵，融合在牛肉湯、大滷湯汁中，各自保留特色又能提攜出對方的香味。吃一口麵喝一口湯，分開品嚐，已然沾染的彼此，猶有絲絲牽掛的眷戀；若是拌和著湯與麵同時入口，更有著你儂我儂同衾同槨的氣魄，彷彿用一碗麵的光陰，走過一場永伴君側的愛情。

他最不喜歡黏稠稠又細若髮絲的麵線，那一口咬下去綿延無止盡的深沉，柔弱無骨無肉也無心，直到牙齒上下顎碰撞在一起才明白口腔裡有了食物，卻已直逼老漢的咽喉，讓食道門神也招架無力，情定皺褶的胃壁。偏偏我最愛吃軟滑味濃的蚵仔麵線，每每聽說哪兒有好吃的蚵仔或大腸麵線，便是千山萬水也會神馳嚮往。

我吃大腸蚵仔麵線喜歡用筷子，一根根挑出游若懸絲的麵線，甩掉太多味精的濃湯，也許這樣的吃法不屬於「麵線控」之流，多半還是因為偏愛滋陰養血、含鋅量高的蚵仔，與滷透之後依然帶種撩慾羶腥、陳華醬香之味的大腸。於是我曾經試著不要麵線，只央求老闆賣蚵仔與大腸這兩樣食物給我，望著紅白塑膠袋裡，另外分裝的蚵仔大腸，像是外帶打包的小菜，當時心中便有些許惆悵，攤開紙盒後，孤單面對燙熟的蚵與醬色的腸，少了那層勾縴濃湯與麵線纏綿的倩影，總覺得那裡不對勁。我像個粗魯的獵人，任意挑釁江湖，看到什麼就吃什麼，分不清協調與不協調的美味，執意將蚵仔大腸與麵線分家，像是挑撥一場家族內鬨，祖父還沒死就爭著分遺產，結果什麼好處也沒撈到。沒有麵線的蚵仔與大腸，單調乏味，只剩下深與淺的顏色搭配，這讓我勉強用想像力安慰自己，在一九八二年排行榜第一名的暢銷經典〈黑檀木與白象牙〉，當時盲人歌手史提夫汪達與保羅麥卡尼共同合唱了這首流行歌曲，利用鋼琴上黑鍵與白鍵的組合，期望消弭種族差異，締造族群融合。

美食作家焦桐嘗言：「大腸蚵仔麵線緣起於廈門、泉州一帶的小吃『麵線糊』。」由此可知，既是麵線糊，因應當地食材的不同，加入大腸或蚵仔，甚至貢丸的麵線，兩者本該是一家親，我這樣硬生生拆散了配方，足見自以為是的野蠻品味。更甚者，這種粗心經常錯落在生命的間隙裡，往往要等到失去了，才恍然大悟，自己對於最愛的人常常最不珍惜。

就像父親與我的最後一味，終結在以愛之名的蚵仔麵線。

我喜歡各種臺灣小吃，即使知道父親不愛吃麵線，總是在每一次異地嚐鮮時，特別額外帶一碗回來與他分享。每次我帶著已經冷凝幾近果凍狀的麵線回到家，雖然過了用餐時間，每日定時定量吃飯的老糖尿病號父親，總是溫柔地接過我手中的紙碗，開心吃完，乾乾淨淨。

我是個被父親寵壞的女孩，二十歲以前沒有洗過碗，進過廚房，很少去菜市場買菜。每到用餐時間，家中自然會有熱騰騰的食物端上桌，年輕的我，吃飽飯油嘴一抹便溜進房間裡冥想人生，柴米油鹽醬醋茶留給父親，他是隱形的人生屋頂，護衛著我的生存，並身兼母職安頓著我的起居。

也因為與廚房太陌生，烹飪這件事對我而言簡直就是素人藝術品，總是創造出離奇的菜餚讓父親大開眼界，比方說臺味法式濃湯。這是我從電視上看到一齣描述十八世紀法國王室生活的電影抄襲來的。當時螢幕上演出那些戴著假白頭髮的貴族，端坐餐桌旁，靜待走來走去穿著白制服配戴高帽的主廚，從一個銀質湯鍋裡，使用銀質大湯勺挖出一湯匙的咖啡色濃湯，輕輕舀入客人的餐盤裡。我在電影裡學到的西洋用餐禮儀，與我所處的真實生活完全不同，外國人喝湯原來使用盤子，跟中式的碗公很不一樣，當時嚮往外國生活的我，覺得這真是文明的象徵，我也要來效法一番。

於是，在沒有參考任何食譜以及詢問專家的情況下，我自己想像，將同樣是褐色的新東陽肉醬罐頭加水與太白粉煮熟勾縴，應該就能夠料理成電影中眾貴賓饗宴的法式濃湯。

當我精心製作的「臺味法式濃湯」端上桌時，父親首先提出疑問：「怎麼是用盤子喝湯呢？像小狗吃飯。」

「這是法式濃湯，法國人都這樣喝湯，我看電影學來的，不會錯。」我回答，同時強調：「而且，湯匙要向外面舀，不能向自己舀，這樣不禮貌。」

大家跟著我的說明，依樣畫葫蘆，在蹇居的日式小平房，折疊式的廉價餐桌上，享受著生命中第一次的法式大餐。說實話，這個濃湯除了水與肉醬太白粉，就是肉醬與水太白粉，完全沒有其他調味，我自己喝了一口感覺真是難喝透頂，手中的湯匙遲疑半天不願意再送進第二口。倒是父親，悠閒地揮動著湯匙，一口接著一口，緩慢而優雅地徐徐將盤中濃湯飲用完閉。

我妹妹則是一邊喝，一邊喃喃自語：「法國人都吃這麼難吃的東西嗎？」

後來我又學會一道義大利麵料理，由愛好烹飪的朋友口述，我大概記住了百分之八十的內容。朋友一直強調，製作過程很簡單，義大利麵煮熟後撈起，先放在一旁瀝乾水分，再開始準備炒醬料。首先將洋蔥爆香，加入牛奶與少許鮮奶油，等到牛奶煮滾了，再加入蛤蠣，等到蛤蠣的殼打開了，這時候，灑一點胡椒與鹽巴調味即可。最重要的是，好吃的訣竅在起鍋時，加入一些麵粉，就能夠使醬料濃稠，附著在每一根義大利麵上，讓麵條吃起來絲絲入味，坊間餐廳也都是同樣的作法。

當天回家前，立刻先騎機車到超市買了兩大盒蛤蠣，與朋友所說的洋蔥、牛奶、鮮奶油，以及最重要的麵粉。我神氣地向父親炫耀，今天學會了一道很好吃的料理，叫做「蛤蠣義大利麵」！祖傳配方，絕對好吃。

父親點頭微笑，在客廳裡靜靜看著電視，等待我的豐盛晚餐。我一個人在廚房裡，洗蛤蠣切洋蔥烹煮義大利麵，經過一番折騰，終於等到洋蔥牛奶湯煮滾了，立刻加入蛤蠣，熊熊大火刺激著蛤蠣的熟成，沒幾秒鐘，蛤蠣便全部開啟，彷彿急著共襄盛舉演出元宵節神人同樂的「蚌殼舞」，紛紛張開甲殼雙臂，露出裸露含汁的肉與肉柱。我急忙倒入麵粉，調成濃稠狀，這時候，一件奇怪的事情發生了。照理說，我的湯汁只使用牛奶與鮮奶油，應該是純白無暇的湯頭，但是，當蛤蠣張開雙殼演出蚌殼舞的時候，隱然流露出陣陣沙淚，一點一點的黑沙，從蛤蠣殼內洩漏，緩緩釋入潔淨的牛奶裡，染灰了鍋中物，調製出意想不到的，類似青醬般色澤的蛤蠣義大利麵。

上桌之後，父親一邊吃，一邊忙著蠕動嘴唇，這並不是為了吞吐蛤蠣硬殼，而是，咀嚼著那很難吞嚥的細沙。父親說：「這義大利麵為什麼粉粉的？」

我不敢回答，哪是因為我急著獻上新菜單廚藝，沒時間讓蛤蠣吐沙。而且我以為超市都會處理好所有的生鮮食品，買回家即食即料裡即可。誰知道，這兩盒蛤蠣這麼新鮮，新鮮到連殼內的沙都來不及釋出。

這盤蛤蠣義大利麵，我花了一個鐘頭才勉強吃完，一邊吃，一邊想著明天可能會便祕。而父親，依然維持著他固定的用餐習慣，認真對待餐桌上的所有食物，不疾不徐地將他面前的食物，全部吃光光。

我愛看各類書籍，是個雜食性閱讀者，奇怪唯獨對於食譜沒有研究精神，霸道地以為食材像文字一樣，可以依靠想像幻化光芒。而我的父親，是陪伴我以霸道文字書寫的人生簡冊，唯一鼓掌的讀者。

成長於華北平原的父親，大塊吃肉也大碗吃麵，透過父親描述的傳統食物，是麵片兒與餃子的鄉愁；端上桌的粗麵條，隱隱約約透露著綠林修行魯智深的虎背身影。相較之下，纖弱纏綿的麵線，始終有著江南美女飛燕憑欄若柳迎風的細緻；然而這樣的美女，卻從來未曾出現在父親的餐桌。

我問過父親為什麼不愛吃麵線？他笑笑看著我，不語。

他總是這樣含笑凝望我，打從我很小很小的時候。他看著我在襁褓中吸吮奶瓶，看著我學習自己拿湯匙，看著我走路，看著我跌到，看著我練習梳頭髮，最後親自幫我輕輕挽起兩條麻花辮；他看著我慢慢長大，不再牽他的手，拒絕喝他喝過的水杯；他依然看著我，無論春夏秋冬，白內障宿疾讓他漸漸看不清楚了，有時候說話還要重複兩次才聽得懂，他看著漸漸沒有共同話題的我，卻還是笑著，彷佛只要能看著我，便是一生一次的幸福。他看著我，從我張開眼睛的那一刻，他是大雁，遷徙過臺灣海峽，隻身導引我的歸航，有父親才有家。

父親來臺之後的家庭非常簡單，人丁單薄到甚至從來沒有經驗過親族死亡的歷程。如果我知道人之老終，壽命將至，會從器官衰竭開始，那麼，若是時光能夠重來，我但願做父親最愛吃的料理，親手煮一碗麵片兒，陪伴他最後的時光。

然而父親告別人世之前，我親手煮給他吃的竟然還是他最不喜歡的麵線。

家人告知這兩週父親的食慾突然變差，什麼東西都吃不下，更嚴重的是連大小便都無法控制，一天要換好幾次內褲，洗好幾遍廁所。

我帶著周歲小兒在週末中午例行返家，探望父親。他孤伶伶地坐在客廳椅子上，看到我的身影立刻投以蒼老的微笑。我問他中午吃了什麼？他說烤了一片吐司麵包。我說：「你有糖尿病，怎麼能這樣吃？血糖會太低。」他幽幽回覆：「沒辦法，什麼都吃不下。」

「我做點東西給你吃。」說完直接走進廚房，打開冰箱，赫然發現空空無物，這座冰箱彷若大賣場的家電樣品，連最基本的雞蛋、青菜、甚至一包肉鬆都找不到。不得已只好打開儲物櫃，心想至少煮一包泡麵先充飢吧！結果連泡麵都沒有，櫃子裡只有一包我上週買的調味蚵仔麵線，那時還是因為超市大促銷買一送一，我不得已買了兩包，把多餘的那份送回娘家。

無計可施的情況下，我按照食譜做法，加一千ＣＣ的水，置入麵線，水滾後放入調味包，即食蚵仔麵線便完成。我擔心麵線沒有熟，稍微多悶了一會兒，這一悶，卻悶成了麵線糊，湯瓢挖起時看不見游絲般線條，原本簡易料理即可靈巧若掌中舞的麵線，在我手裡又毀了，黏稠呈現立狀又東倒西歪的麵線團，怎麼看都像是一個滲水的飯糰，少了麵食的堅毅氣魄。

當我端上親手烹飪的麵線糊，父親毫不猶豫地將碗接到手裡，一口接一口吃得津津有味。我感覺又虛榮又安慰，心想，父親剛剛還說什麼都吃不下，這會兒不是吃得很開心嗎？可見我的廚藝已經大進步，終於擺脫整人專家的惡名。這樣的優越感讓我忽略了父親的病情，看著沒多久便碗底朝天的麵線，問他還要不要再來一碗？他說飽了，能吃到女兒親手做的食物，已經非常滿足。

那天黃昏我去買了些菜，即將入夜的超市選擇也不多，倉促中想著只要飽餐即可，囑咐佣人做了紅燒雞、炒高麗菜、豆干肉絲。後來回想，那天的晚餐，都不是我父親愛吃的菜色，尤其是雞肉。但是他慈眉笑眼，用完餐後不像往常回到客廳看電視，而是駐留在餐桌旁，一直面對著剛滿周歲，正在牙牙學語的外孫扮鬼臉。小兒安安那天的晚餐吃得特別開心，餐廳裡充滿了童稚的清朗笑聲，在最後一次全家團圓的夜晚。

父親自過了不踰矩的歲數，每日晚餐結束後必定斯文放下碗筷，輕聲說句：「畢業了」。我曾經問他為什麼要這樣說？他捉狹地回答：吃完晚餐，一天就要結束，這不就像是個人生的畢業典禮嗎？

我最後一次見著父親，是陪著他回榮總就診，長年糖尿病，每三個月必須回診開藥，已是三十年來的老習慣。那天經過第一門診大樓外的湖邊，在大樹下稍做歇息。父親靜默了一會兒，突然說：「夏天時，我經常在這棵大樹下睡午覺！」我心裡納悶著，這裡是公共場所，也不是父親上班的地方，他如何能在夏天時經常於此地午睡？父親眼神悠然凝望遠方，徐徐道來：「黃土窯洞的炕上冬暖夏涼，但夏天我還是喜歡在大樹下看書，看累就睡著了。妳奶奶都知道要來樹下找我。」

我驚覺父親的意識不在現世，他把臺北的一棵湖邊樹，錯認為河南老家的大棗樹了。他回到了他的童年，最思念的是從小疼愛他的母親。

兩天後的傍晚，他在吃了一碗醋溜蛋花湯當做晚餐之後說：好累好累，想要休息。弓臂側臥的他，躺在床上，從此永遠停止呼吸。

父親往生十年，我常常想起，他在人世間最後的日子，最後一次吃到我為他親手做的料理，是他最不喜歡的調味蚵仔麵線；在更以前，我每一次親手為他做的菜餚，都是恐怖離奇到連我自己都吞不下去。我的父親，卻默默地承受這一切，包容我所有的荒唐與異想，任憑我把飲食美學當做文字藝術遊戲，不負責任地烹調，而他始終負責任地吞嚥，人間一切甘苦。

我的體質敏感，常常會夢見素昧平生的亡者，干擾思緒；有人說這是因為那些孤魂知道我命中有貴人可以協助調解陰陽，讓亡者安息。確實，我不是個社交高手，朋友也不多，但是每每遇到難關時，都會遇到幫助我的人。這幾天又被干擾到神經衰弱，夢到奇怪的逝者，經過宮廟的化解，喝了符水也盥洗了全身，想想這下我可是鐵氟龍不沾鍋，請那些怪怪的東西不要再入夢了！

結果，我夢到了父親。

他穿著夏季裡平日在家習慣穿著的白色棉質背心，一條長褲，與已經過世的，童年時期與他感情最好的四叔，一塊兒在公園裡聊天。夢中的我，回到了綁兩條麻花瓣的年紀，嬌小的身軀，依偎在他的肩膀，盤爬著他的背脊，從後面抱住他的頸項，玩弄著他稀疏的白髮。我像小女孩似地撒嬌，蠕動在父親的身旁，聽著他與四叔用我聽不懂的鄉音敍舊，閒聊生活瑣事。我依戀著這樣的光陰，在朦朧初曉的暗灰色天空中，不知時光流逝，不知陰陽兩隔。直到父親握住我的手，將我輕輕自背後抱到他的正前方，輕聲對我說：「我該回去了。」

「回去哪裡？」我不解的問。

他用手指指天上。

「不要！」我說：「我不要你走。」

「是時候了，孩子！我該走了。」

「不要！不要！」

我自夢中驚醒，現實生活裡是酣睡的幼兒，在我身旁安眠。我的枕頭已經濕了，不知道從什麼時候起，就開始流下的眼淚。

即使滿身符水，已逝的父親還是穿越死亡的界限，回到夢中愛我。

他知道我很內疚嗎？知道我很軟弱嗎？最心愛的女兒在他逝世前的最後一餐，是做出他一生中最討厭的即食麵線，連蚵仔都是虛偽的人工調味。我一輩子沒有料理出一道像樣的佳餚，而他總是吃得那麼高興；甚至我一生叛逆總是不按照他的期望過日子，他還是默默陪伴我，從來沒有指責。父親過世後我經常尋求另類治療撫慰心緒，渴望他的眷顧。每次在夢中相遇，我始終來不及提到蚵仔麵線，我總是變回了孩子，依賴在他溫柔的關愛之中，遲遲不肯放手。

人間滋味的料理很難，難到來不及說抱歉；愛是食材，無常即是鍋具，留不住的又豈是恩恩怨怨。大樹下休憩有陽光也有陰影，點點滴滴，承載心靈美味；時時刻刻，餵養喜怒哀樂。這一生父親為我烹飪的菜餚不計其數，然而我永遠貪得無饜的只有他源源不絕的愛，在我們共同相處三十五年時光中，永恆的饗宴。

人妻初體驗

拙樸的父親，將我視為掌上明珠，從來沒讓我進過廚房，更別提傳授我幾道招牌家鄉料理，讓我在人生多元的職業發展過程中，能夠多增加一項履歷。為什麼童稚的我，從來沒有主動學習廚藝的本能與慾望？這應該是個「人類一思考，上帝就發笑」的大哉問，至今年近半百，我依然無法理解。

新婚的前幾年總在農曆春節期間值班，公婆年紀大，體恤家人的方便，往往擇一餐館完成應景的年夜飯局，我這位媳婦因為新聞工作的關係，總是忙到除夕夜用餐時間的最後一刻，年夜飯必然遲到；到了第三年，媳婦終於熬成職場老鳥，獲得從除夕當天開始休假的機會。原本準備雙手一攤，完全放鬆，恢復小姐脾習，在家剝桂圓啃瓜子泡茶聊天看電視直到開工日，彌補長年工作的辛勞，沒想到好友惠美突然提醒我：「妳不用做年夜飯嗎？」

「不用啊！」我輕鬆地回應：「我跟飯店訂好了八

菜一湯的年夜飯，他們保證，除夕當天現做，下午五點送貨到府。」

「妳，真，的，不，用，做，年，夜，飯，嗎？」惠美一個字一個字，充滿猙獰與咬牙切齒的語音，強烈暗示且用力提醒著我，關於人妻之道。

是喔！女人遇到了除夕夜這樣的場面，一定要展示些拿手菜，才能符合媳婦這一行的ISO嗎？

可是，我從小到大，直到為人妻的前三年除夕夜任務，都只是負責吃光光年夜飯而已呢！

想起親生妹妹初為新嫁娘那年，同一間父親工廠生產的掌上明珠，她可是拿出攻讀博士學位的精神，用功參閱食譜，在除夕夜完成了一桌包括紅蟳油飯、焗烤明蝦、排翅烏參、煙燻白鯧、紅酒牛肉等佳餚美食，博得夫家一致疼愛與讚賞，且神氣活現地在初二回娘家時，透過照片展現她的彪炳廚藝。而我，光聽到這些深奧的菜名，已經渾然不知其所以然，在這串名單中，勉強認識一些地上爬的水裡游的可以拿來吃的食材，若是要我來準備煮熟，可能中秋節就要開始提前動工。

如果做菜像買彩券就好了，也許還有一夕成功的機會！然而最客觀的科學公式已經告訴我們，大樂透一千四百萬分之一的得獎機率，建立在這個基礎之上的期望幾乎等於是無望。女人，恢復理性吧！還是老老實實準備一道自己能力範圍之內可以完成的料理，便是我做人家媳婦的最大誠意。

於是，那一年我精心規劃的「水果拼盤」，上了除夕夜的飯桌。

水果拼盤的設計跟洋蔥哲學一樣，都是有層次的。

首先，是顏色的搭配。這季節的智利櫻桃紅潤妖媚，貴氣十足，具備畫龍點睛的神奇魔法；水梨與蘋果削皮之後，肉色白皙潔淨像是素顏的孿生姊妹，中間必須滲透幾塊綠色哈密瓜，增加陽剛的辨識度，營造兄弟姊妹一家親的融和感。柳丁雖然是當季水果，且黃澄澄色澤閃耀就像金銀財寶在盤中增添了喜氣，但是為了客人能夠優雅使用水果叉進食的貼心考量，必須剝除柳丁的果皮，剩下的果肉翻了面就是白茫茫的背影，混在水梨與蘋果之間儼然是個害羞的山寨小可愛。同樣的道理也發生在柑橘身上，雖然經過我的巧手抽絲，可將果肉上的纖維質一根根摘除，還原那近朱淺赤的橘紅色澤，隱隱約約點綴在水果拼盤裡，呈現愛護臺灣農產品的決心。可是一想到橘子果瓣完整，一但事先摘除果籽會破壞包覆果肉的薄膜，透出汁液，混淆其他水果的味覺；但是若不摘除果籽，客人吃一口橘子吐一口籽，這畫面又有點雷同吃檳榔，並非待客之道上上首選。

其次，是清洗水果的時間。

我有個屏東好友是蓮霧水果商，曾經我到他家作客，吃飽喝足想要有所回饋，主動獻殷勤說自己可以幫伯母準備水果，伯母看我外表冰雪聰明，判斷切水果這種小事應該難不倒我，便慷慨地釋出廚房主導權，交給我一整箱頂級黑鑽石蓮霧之後，一家人豪邁地去客廳喝茶休息。三十分鐘之後，我端上一大盤形狀規則，排列整齊的蓮霧水果盤來到客廳，大家熱切地開始享用，甚至迫不及待地，直接用手取用珍貴的黑鑽石蓮霧送進嘴裡企圖消渴解膩。三十秒之內，每個人的臉色從歡喜期待瞬間變得凝重，三分鐘之內，沒有人試圖多說一句話或再多吃一塊頂級蓮霧。這樣的沉默維持了將近十分鐘，桌上一盤整齊的蓮霧水果盤彷彿是準備給美術系學生畫素描的靜物樣品，動也沒有動過。

「這個，蓮霧……」伯母終於吞吞吐吐地開了口：「妳是……先洗再切？還是先切再洗？」

我不解地皺了皺眉頭，問：「這很重要嗎？」

伯母慈祥地點點頭。

「我怕水果有蟲，所以先一個一個清洗了外皮，再切片，放進水裡泡著，如果有蟲，這時候應該都淹死了。最後確認每一塊蓮霧都很乾淨，才放到盤子裡。」我誠懇地回答。

屏東果園的伯母微笑著，但是她的笑容透露著淒楚，不復當時交付我一整箱

黑鑽石蓮霧的豪邁之情。接著，她正色地為我上了一堂切水果入門須知講座。原來蓮霧的纖維質豐富柔軟，切開之後絕對不能泡水，毛細管作用會稀釋甜度，含糖量最高等級的蓮霧皇后，經過這番折騰，瞬間謫貶為平民百姓，完全喪失了身價，也不再具備美味的意義。

所以，除夕夜的水果拼盤，該不該泡水？泡多久的水？水中要不要加鹽？加多少的鹽？都是學問，不可輕忽，為完成一道年夜飯壓軸大菜「水果拼盤」，我從中午十二點就開始設計時程表，調度編排每一個水果的外皮洗滌時間，果肉切割時間，以及估算果肉中維他命C在空氣中氧化變色的時間，務求盡善盡美，一雪前恥，端出一道人人稱羨且懷念不已的年夜飯料理。

我愛吃水果，友人贈送我一箱燕巢芭樂，我歡喜接受，並告知「這是我最喜歡的水果第二名。」後來他又送我省產高接梨，我說：「我好喜歡吃水梨，這是我最喜歡的水果第二名。」柚子？「最喜歡水果第二名」；關廟鳳梨？「最喜歡水果第二名」。之後友人不再累問，因為所有的水果在我的排行榜上都高居第二名。

曾聽聞日本人都將最頂級的水果標示為「優」級，此類仙品只留在國內銷售，供本國人享用，排名第二的「秀」級品才輸出國外。一九九三年日本水果還可以自由帶回臺灣，春末夏初到了日本，必買當季水蜜桃，這種粉粉嫩嫩禁不住一絲碰撞的嬌貴水果，必須每粒單獨泡棉包裝，像是貞操帶似地保護著蜜桃的完美，帶回臺灣才有意義。每逢冬季，則是蘋果與水梨的產季，當時出差日本經常向固定批發商買整箱水果，他知道我愛吃水果，總是特別為我保留最「優」級的蘋果，果然粒粒鮮美，食畢齒頰甘甜，幽香彷若吻過天使，即便奔月嫦娥恐怕都忍不住想要回頭。

我天性散漫，幾次帶蘋果懶得扛整箱，便拆了紙盒，將蘋果放進登機箱中帶回，這種水果新鮮時硬度頗高，或者我的衣服夠多，帶回臺灣的過程順利，亂放在隨身行李中也沒有受到創傷，拆開時依然可口。但是水梨就不同了。那次，批發商為我訂購了優級水梨，在光線不足的旅館房間裡，我拆開紙箱一看，怎麼個個顏色黯沉黝褐，除了外觀沒有痘疤斑點之外，其餘的印象跟臺灣硬澀嚼蠟的粗梨簡直沒有兩樣。

心裡正嘀咕著商人果然不老實，再加上這趟行程短暫緊湊，我為了省卻多提行李的麻煩，把整箱二十四顆圓滾滾的水梨一股腦兒往登機箱裡倒進去，匆忙中也不考慮箱內還有幾本有稜有角的精裝書籍與雨傘這些東西，統統打包在一起，一路顛簸搖盪回到了臺灣。飛機還沒落地，就開始聞到了如影隨形的水梨香，待回到家裡打開行李，將近二分之一的水梨已經扭陷凹傷，不復圓融，最慘的是壓成葫蘆或釋迦狀水梨，想挽救這份美麗與美味都不知從何救起，一粒粒懸空捧起時還會滴汁，我的衣服，書本，化妝品，全都釀成了水梨口味。

從此我不再以貌取人。明明青果株式會社都標明了是最優級的水梨，我怎麼會只瞧了不起眼的外表，便忽略水梨品性中纖細與綿潤的特質。那層粗糙的天然褐色果皮，是外剛內柔的偽裝，是唯一的保護色，保護著皮相之下最充沛飽滿卻又不堪俗人一擊的柔軟心。除卻了平庸的外衣，水梨是這麼白皙晶瑩，溫澤透光，彷若一雙似喜非喜含情目，誘惑著我疼惜她，親近她，融和她。這麼需要被關注內在美的水果，卻被我粗心誤解蹂躪，實在是人間少見魯莽暴君，只剩「玉容寂寞淚闌干，梨花一枝春帶雨」。

從此我小心翼翼愛護水果，珍視每一顆水果背後廣大的產業食物鏈。除了吃得美味也要吃得安全，尤其是料理寶貝兒子入腸化胃的水果，也擔心著街談巷語中處處令人擔心吊膽的農藥殘餘，蘇打水鹽水蔬果清潔劑全部上場，最後卻看到專家分析這樣還是不能徹底將農藥清洗乾淨，最好的辦法只有削去所有的水果皮。

因此，兒子念小學後第一次在營養午餐中吃到芭樂，回家後不解地問我：「媽媽，好奇怪喔，我們學校的芭樂是綠色的，可是我們家的芭樂都是白色的。為什麼呢？」

寶貝，那是因為，為了保護你，就算吃芭樂我也一定要削皮。

往後數年，從為人妻到為人母，我的拿手好菜「水果拼盤」愈來愈簡約，簡單到再也沒有出現進口水果，餐餐飯後都是當季盛產過剩的減價商品。在重視健康的大纛之下，其實隱藏著生活的困蹇，餐桌上不復出現繁飾，選項跟著變少。人妻初體驗，承受家庭的重擔，水果拼盤的華麗已不復見，飲食只是為了活下去。天真的孩子從來不質疑我，為什麼連續天天吃芭樂，又連續天天吃柳丁。我時時擔憂著他會如此提問，卻在每一次凝望他臉上單純滿足的笑容時，彌補了自己的無能。

冰山大嬸

兒子在家舉辦十二歲生日派對，一年當中只在這個特殊的日子裡，可以放縱食慾，完全忽略卡路里，隨便吃垃圾食物。

我故意在滿桌的汽水可樂洋芋片中，滲透了包裝可愛的生機酵素軟糖、省產乾燥有機新鮮水果粒、富含不飽和脂肪酸與膳食纖維的各式堅果，試圖誘惑孩子們多吃一些健康點心，然而，最終還是重口味的洋芋片最受歡迎，不到三十分鐘便一掃而空。

意猶未盡的孩子們還在舔著手指頭，望著盤中只剩連螞蟻都放棄的馬鈴薯碎片，依依不捨。我看了也有點不忍，默默責怪自己當初為什麼不多買一點？理當讓孩子們開心度過歡樂的生日饗宴，而不是在記憶中憑添一分惘然。

等等！洋芋片？我的腦海驀然湧出一幅畫面，土黃色超大包裝寫滿英文字的厚切洋芋片，是去年十一歲慶生時最受歡迎的零食之一，因為當時買了太多不同口味的洋芋片，分量過多來不及吃完，便放進冰箱裡，揣摩有機會再與人分享或獨享。沒想到，歲月匆匆，三百六十五天的光陰像是噴射機引擎後面的氣柱流雲，長長一條咻地瞬間從視窗的東邊飛到西邊，消失在記憶之外。轉眼，孩子已經為十二歲慶生。

懷抱著對老年痴呆症之腦力的恐懼，我戰戰兢兢走向廚房，打開冰箱，翻出陳年雪藏的各種食物，最後終於發現這包去年吃剩的洋芋片，在冰格最深處。當我拿著這一包上次慶生時享用過的超大包裝洋芋片，走到客廳時，所有人都笑翻了。去年來過的小朋友們都認出了這包洋芋片，個頭最高的孩子說：「安安媽媽，這包好像是我去年帶來的生日禮物。」

有家長問：「妳到底放在冰箱哪一層啊？」

「嗯，就是那個夾在冷藏與蔬果區中間的解凍層。」我小聲地回答。

後來想想，那一層可能是多啦Ａ夢的口袋。

山居環境舒適，鎮日鳥叫蟲鳴，空氣清新，唯一的難處是吃東西比較不方便，附近沒有餐廳，最近的便利商店遠在十公里之外，買瓶鮮奶都得搭公車前往。遠離塵囂，生活清幽，漸漸地連飲食這種事情都跟著清風明月起來，彷若只要還剩一口氣，能夠呼吸，便是生命取之無禁用之不竭的無盡藏。

二〇一一年日本海嘯發生福島輻射外洩事件，隔了幾年，朋友好心告誡為了身體健康，不要買輻射之後來自日本產地的香菇，因為香菇是最會吸收輻射的植物，任何以香菇提煉的醬油、香菇精、香菇製品最好全數避免購買。

我屈指一算，心想還好，我家都是過期品，任何從日本來的食物，都遠在二〇一一年之前很久很久的時間。

最長壽的是一瓶日本原產銀杏。那是二〇〇四年帶著兒子去日本北海道旅遊時，禁不住導遊的熱烈推薦，花下重金購買預防老年痴呆症的保健品。

那時候家裡的經濟已經不甚寬裕，但為了在家族旅行中保有面子，硬是湊出我和兒子的旅費，參加這趟旅行。一路上，盡量在跟團旅遊的三餐中吃飽，不買其他零食，也不敢給三歲多的兒子買任何玩具，他看著別人家的小孩到處吃到處買，偶而也會央求買個紀念品。直到第三天，在有著一片高爾夫球場般綠地的度假飯店中，我終於買了一顆印有多啦Ａ夢圖案的小皮球，在晚餐前的夕照時光，與兒子一起在草地上踢球。

這趟旅程的導遊，是個口才非常好的年輕人，行程的最後一站，難免帶大家去買點「伴手禮」。他大力推薦銀杏的功用，並且保證：「在日本買最便宜，一瓶只要五千圓。在臺灣買不到這個價錢。」

通常我們在國外旅遊，入境隨俗，會用當地幣值計算所有開銷。這位導遊之前帶著我們出入任何遊樂場所，也都以日幣金額，預先告知門票、餐飲等等的消費。因此，我估算了一下，日幣五千圓的銀杏，合臺幣大約一千五百元，還在我能力可以負擔的範圍之內，這一趟，沒買什麼東西給導遊捧場，那麼就買一瓶銀杏吧。

沒想到，結帳的時候，當服務員將刷卡單拿給我，赫然發現，一瓶銀杏的消費金額是日幣一萬六千圓。當時站在櫃臺前，等著簽名的我，整個人傻傻愣住。笑瞇瞇的導遊與服務員就站在身邊，後面還有一堆阿公阿嬤排隊等著結帳，我能在這個時候拒絕這個買賣，退掉這筆帳單嗎？當下心頭彷如刀割，痛到最高點。導遊說的沒錯，一瓶銀杏確實只要五千圓，但是他沒有說清楚，不是日幣五千圓，是相當於臺幣五千元。我是個買東西超過臺幣一千元，都要考慮半天的人，這輩子，從來沒有買過這麼貴的東西，這張刷卡單一簽下去，簡直像是武俠小說中被人挑斷筋脈，完全廢了武功。但是，在那個眾人圍在身邊，恭賀彼此戰利品的時刻，我完全沒有勇氣說出「退貨」的字眼。

這瓶「五千元」的銀杏就跟著我回到了臺北，不敢跟孩子的爸爸說花了這麼多錢，只能善意提醒他銀杏的重要性，希望他每天吃幾粒保養身體。他自認身體健康，沒有必要預防老年痴呆症；我則因家事忙碌，常常在接送小孩上下學又打掃住家洗衣燙衣做完三餐之後，累到連飯都吃不下，更別提補充營養劑。

這瓶銀杏的保存期限是二〇〇七年六月，一轉眼，當我在冰箱重新發現它時已經是二〇〇九年，過期兩年。我打開瓶子察看，粒粒完美如初，時間與感情彷彿都停留在晶瑩飽滿的膠囊裡，停留在二〇〇四年以為幸福美滿的家庭裡。我拾取一顆吞下去，毫無異狀。我告訴自己生命還沒有壞掉，瞧瞧冰箱裡保存的銀杏，雖然過期兩年，外觀與內容都沒有變化，只要我繼續小心維護，好好珍惜，我所渴望的幸福家庭就會像銀杏一樣圓滿，即使遠遠離開了賞味期。

往後幾年，這瓶銀杏跟著我搬家，換冰箱，實際生活的歲月不斷超越瓶身上的保存期限，我始終捨不得丟棄。總以為我可以吞下它，就像我默默承受生命中許多的艱辛與難題。然而在無聲的吞嚥中，忍不住有一點點恐懼，吃下過期五年的銀杏，是企圖用肉身來挑戰愛的極限嗎？外表看起來毫無變化的膠囊，琥珀般的光澤，是否真能鎖住四千萬年松科松屬植物樹脂的精華，保證永恆的愛情？我的慳吝與固執，不只寄託在一瓶銀杏裡，更奉獻在一段十八年的婚姻與愛情裡。因為捨不得，默禱著就這樣擁有吧！讓無法丟棄也無法吞嚥的生命，停留在不斷過期的光陰裡。

二〇一四年搬家前夕，和一群鄰居媽媽們登山，閒聊中提到了如何處理過期食品，我說出了銀杏的故事。有人問：「這麼多年，這些膠囊不會溶化，黏在一起嗎？」我回答：「不會，我定期都會拿出來搖一搖，聽到碰撞的聲音，表示這些膠囊都還是好的。」鄰居媽媽們笑了：「過期這麼久了，還是不要吃吧。」

「是啊！我也這麼想，昨天終於決定把它扔了。」我說。

這時候，有一個鄰居媽媽說：「其實，如果膠囊裡包裝的是粉狀，而不是液狀的保健藥品，在膠囊的保護之下，是不會過期的。」

聽她這麼一說，我又產生猶豫，是不是該到社區的資源回收場，把這瓶銀杏找回來，不要輕言放棄。

「算了吧！丟掉了，就過去了。」大部分的鄰居媽媽都這麼做出結論。

擺盪在棄與不棄之間的銀杏，終於結束了它與我之間十年相伴的情誼。在吞下去或不吞下去的生命苦難中，銀杏的存在，彷彿扮演著一種夢幻的期待，服用它，預防疾病，痴呆遠離，幸福來臨。然而生過病的人都知道，這世間沒有一種偏方能夠治癒所有的病痛，身病與心病，從來不存在真正的解藥。人與人之間的相處，是複方藥箋，其中一個配方失誤了，接下來的化學變化，是治命還是致命，沒有人可以預測。困處於膠囊裡的感情，就像被詛咒的特洛伊公主卡珊德拉，準

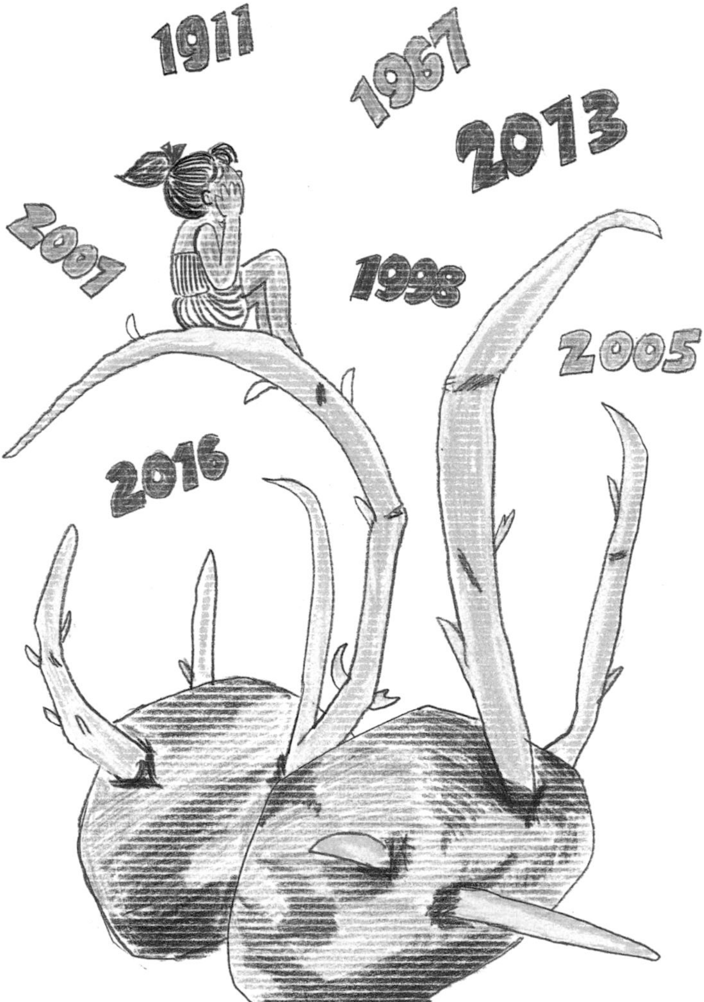
1911
1967
2013
2001
1998
2005
2016

確說出預言卻沒人相信。究竟誰能決定，擁有或遺棄？過期銀杏，用它冷漠靜止的不老之姿，緩緩抗爭著我的自欺。

過期食品對生活散漫的我而言，是家常便飯，曾經吃下過期的豆乾，兩小時後開始腸絞痛，以為是自己神經緊張，加上神經衰弱，逕自倒一杯紅酒飲盡，利用百分之十三的酒精濃度消毒，心想快快睡著明天又是新的開始。沒想到半夜開始拉肚子，慶幸，沒有伴隨嘔吐，這代表著案情並沒有那麼嚴重，趕緊睡著便好。也曾經喝下微微發酸的薏仁湯，因為煮薏仁要花上好長的時間與功夫，才能熬煮出黏稠感，心頭又是一陣對金錢與時間的不捨，揣測這件事也沒有那麼嚴重，吞嚥時只是口感差一點，可能是自己的唾液太敏感，習慣了也就自然了。不料這次反應更快，一小時後開始嘔吐，把中午吃的青菜番茄全部吐出來，馬桶裡紅紅綠綠好壯觀。還好，沒有拉肚子，心裡又想，只是吐一吐也不會致命。

因為真正的食物中毒，基本症狀是上吐下瀉兼發燒，我判斷自己還不到那個程度，久病成良醫，自體康復就好，毋須浪費醫療資源。

未婚時和妹妹住在一起，兩個單身女子生活隨意，雖然興趣與個性不太一樣，但都有個共同點就是節儉。那時我懷抱著作家夢，辭去工作在家裡準備完成名留青史的大河小說。妹妹是軍官，剛好派駐在家附近的營隊，正常上下班。某日，她高興地帶回一份知名品牌的蒜味香腸，放在精美的包裝袋裡，因為外觀很漂亮，當時又剛吃飽，沒人想到立即處理這份食材，便直接把禮物往牆壁上一掛，當作裝飾品，連內容也無暇細看。

經過月餘，整日在家冥想的我，已經三天沒出門，肚子有點餓，此時冰箱裡的食物和廚櫃裡的泡麵早已經吃光光，家裡沒有任何儲備食糧，剛好瞧見牆上的知名品牌蒜味香腸，心想這雖然是妹妹的禮物，但也是食物，吃一點點應該沒關係。於是，尚未徵得妹妹同意，便逕自取下準備果腹。

拆開美麗的包裝紙，突然心生疑慮。新鮮香腸用鋁箔盒包裝，按照常識推理，應該是正方形，可是，我手中的鋁箔盒，已經變成圓形。盒上明明寫著真空包裝，那麼裡面的香腸應該不會暴露在空氣中，被細菌玷汙，但是，眼前的盒子，已經膨脹得像氣球，圓滾緊繃與超市生鮮區的食品樣貌完全不同，簡直可以拿來當作銀色小皮球踢來踢去。

因為飢餓，血糖降低，大腦養分不足，即使這時候瞧見了包裝紙上的清楚註明：「需要冷藏」，但我的意志力已經回復到周口店北京猿人的原始狀態，完全失去理性，心裡只想著：「肚子餓！我要吃！」

神話中普羅米修斯帶來的火種，改變了人類飲食習慣，熟食除了增加烹調的美味，也兼具殺菌的效果。一八五九年人們首次在臨床上發現未煮熟的豬肉內可能含有寄生的旋毛蟲（Trichinella spiralis），食用後會導致嘔吐、下痢等疾病。沒有煮熟的牛肉是大量條蟲的來源，條蟲可以在人類腸道中生長至六公尺，引發嚴重的貧血症。英國醫生Bruce發現牛、山羊、綿羊都會傳播一種叫做布氏桿菌病的細菌性疾病，症狀包括發燒、疼痛、倦怠等等。人畜共通傳染病當中，最危險的是炭疽熱，此症狀發病迅速，且誘發膿腫導致死亡。直到一八八一年法國微生物學家巴斯德（Louis Pasteur）發明了疫苗之後才獲得改善。

古代亞馬遜人的主食是苦味樹薯，這食材中含有氰酸，只要一餐的分量就能致人於死。奇妙的是，苦味樹薯經過搗爛或磨碎，浸泡在水中並加熱等烹調過程處理之後，毒素就會被分解。熟食可以消滅大多數的細菌，以快火將食物徹底煮熟可以殺死沙門氏菌，高溫可以殺死李斯特菌，只有肉毒桿菌天性驃悍，高溫都難以摧毀，只有添加大量酸料可以抑制它的生長。（註）

因此，當我從鋁箔球體的包裝物內取出香腸時，我秉持著普羅米修斯與古代亞馬遜人的精神，心想：神聖的香腸，只要熟食就萬壽無疆。

註　菲利浦．費南德茲—阿梅斯托，《食物的歷史》，2006

毫無異狀的香腸，一根根條狀羅列在我眼前，嬌豔的粉紅光澤中點綴著肥豬紋肉的油脂，光滑平順，沒有長黴，沒有斑點，更沒有出現我想像中也許會翹首顧盼的蛆蟲，一切都是那麼正常！撲鼻而來的大蒜香氣，撩撥起更加迷人的食慾，擲骰子，小販的叫賣聲，炭火烤爐上鐵網瀝出了油滋滋的焦香，我的腦海中充斥著路邊攤烤香腸的五官爽感，絲毫忘記了這是過期的香腸，完全被它攤展之後毫無瑕疵的外觀迷惑了，紅潤的豬肉泥夾以細瑣的五花肥油，讓我想起鄭愁予的〈賦別〉：「紅與白揉藍於晚天，錯得多美麗。」

那時候絲毫沒有領悟到，這首詩的下一句接著是：「而我不錯入金果的園林，卻誤入維特的墓地。」後來才知道，當時的靈感其實是一個恐怖的徵兆。

熱了鐵鍋，放進香腸，慢火油煎，為了徹底消毒，我刻意用小火細細烹煎，緩緩翻面，務求三百六十度的肉身都經歷高溫殺菌，度化成美食。眼見條條香腸由紅轉黝，焦裡藏鮮，加熱的食物去除了羶腥，襲來陣陣烹熟的肉香，調合了大蒜胡椒五香粉等辛鮮佐料，炙燒出催飢美味，陣陣襲來，我幻想著五十萬年前的北京猿人，當他們第一次聞到烤肉香，那股生火煮食的興奮感，在語言還沒有發明的年代，應該是雙掌擊胸膛，咬牙切齒發出喃喃亢奮的食慾：「嗚吼！嗚吼！」一邊跳躍一邊嚎叫。

煎熟的香腸上桌了，一盒六根全部解決，端置於盤中，雖然外觀有點焦黑，但也營造了另一種酥脆的口感。我吃了一口，按照本人的經驗判斷，已經完全消毒無虞，吃不出來有過期的冰箱味或腐臭味。於是，吃完了第一根香腸。

這時候，電話鈴聲響起，是高中好友白天在公司裡受了長官的氣，下班想找人聊天排遣憂鬱。她說為了振作低落的心情，要請我吃牛排。有人請客我當然樂意奉陪，於是換下睡衣立即準備出門，這時候妹妹剛好回到家，還帶了好朋友秀美一起回來，兩個女孩兒一進門就問：「好香啊！這是烤香腸嗎？」

我擅自拆開她的知名品牌香腸禮盒，雖然心裡有點歉疚，但想想，好歹我也幫她煎熟了，現在剛好有客人一起在家用餐，待會兒做菜時不必再費心多做一道料理。於是跟她們説明了事情原委，請她們多吃點。

「可是……可是……」妹妹有點猶豫，問：「那好像放很久了耶。」

「喔，我已經吃了一根，沒事啊。只不過我現在要出去吃大餐，高中同學請客，不能陪妳們在家吃晚飯囉！」説完，便出門赴約。

我和姊妹淘在餐廳裡發牢騷聊八卦直到深夜，雖然幾度腸子有點不太正常的咕咕絞轉，但是我的人生一向秉持天將降大任的忍耐力，在人前嬉鬧歡笑之間，遺忘了腸胃的不適，後來也漸漸好轉。

搭上最後一班公車，在十一點多回到家，赫然發現，妹妹的女同學竟然睡在我家的沙發上，沒有回去自己的家。

自從我和妹妹結伴住在一起之後，這個家像是活動中心，經常有朋友借宿或聚餐烤肉吃火鍋。不過，通常都會事先彼此打聲招呼，秀美這樣兀自睡在我家客廳裡，我突然打開大燈驚醒了她，心裡感到萬分不好意思。

「朱姐，妳回來囉！那麼我可以回家了。」妹妹的同學說。

「不要緊，秀美，妳繼續睡。我不吵妳。」

「不好意思，我本來沒有要在這裡過夜的。」秀美勉強睜著惺忪的雙眼，睏意滿臉的說：「國榮昨天晚上食物中毒，到醫院去急診，沒人照顧，所以我一直在這裡陪她，等妳回來。」

什麼？食物中毒？

昨晚我離開家之後，桌上留著五根煎好的蒜味香腸，她們兩人炒了盤青菜，搭配昨天煮好的白米飯和一些剩菜，簡單吃起晚餐。秀美不愛吃香腸，對眼前的「名牌」無動於衷，倒是妹妹和我從小搶著吃香腸長大，加上生性節儉，看到已經料理好的佳餚，如果不來個門前清，有點對不起咱「一粥一飯，當思來處不易」的朱子治家格言。於是，雖然心裡頭也有點那麼嘀咕，卻也認分地吃光了姊姊的愛心。

只是沒想到，六點半用餐結束，不到七點就開始腸絞痛，原本以為這是新工作環境造成的情緒緊張，衝進廁所排解應該就沒事了。但是，伴隨腸絞痛緊追在後的是嘔吐，劇烈的嘔吐！彷彿胃腔裡有陰謀分子叛亂，各自維護所屬的政黨殺個你死我活片甲不留，敗仗逃兵從胃食道逆流而上，衝進咽喉直抵口腔，讓一向溫柔婉約重視禮儀的妹妹，根本來不及優雅地走進浴室，就在餐桌旁彎腰將這些食物的叛徒吐了出來，連中午吃過的炸排骨肉末都跟著傾瀉而出，這樣三番兩次，到最後，所有殘餘的固體都清空了，開始吐出褐黃色的苦味膽汁。

接著是體溫升高，頭昏眼花，手腳軟癱，虛弱的妹妹倚著餐桌腳，趴在地上，在她的迷茫的雙眼裡，即使只有兩公尺距離的沙發椅，都像是美洲大陸一樣遙遠，地板變成了遼闊的太平洋，完全無力泅泳過去。

還好有同學秀美在家，看到這種淒慘的景況，她本來想打電話向一一九求救，但是，這兩位當時都是官拜上尉的革命軍人，這樣輕易被食物擊潰，有辱黃花崗烈士精神。幾經思量，最後在妹妹大義凜然的號召之下，她倆決定自行開車去鄰近的醫院就醫。舉步維艱的妹妹，就在硬頸的秀美攙扶之下，一步拖著一腳印，從家裡走向外面的路邊停車格。還好當時天色已晚，兩位淑女緊緊擁抱在路上行走，並沒有引起路人的狐疑揣測，幾度昏厥的妹妹，用盡最後一絲力氣打開車門之後，將車鑰匙交給秀美，然而，秀美卻在這個時候說：「我不會開車。」

於是，忍住激烈腸絞痛與腦部高燒的妹妹，被迫分泌強大的腎上腺素，刺激自己的意志力，坐上駕駛座，努力分辨前後左右，清醒判斷紅黃綠燈，一路駛向十公里之外的地區型醫院。

軍人魂的氣魄就在於此，據說，我妹妹不但遵守交通規則地將汽車開往醫院，安全地停進地下停車場，還能拒絕輪椅，用自己的雙腿走向急診室，並且清楚地告訴醫生：「這應該是過期的香腸惹的禍。」

此後，我妹妹有長達十年的時間，不敢吃香腸，任何時候只要聞到香腸的味道，無論清蒸或煎烤，她必定掩面作嘔，像個害喜的新娘。至於妹妹的好友秀美，也有好幾年的時間，來到我家作客時，每次只要一聽到是我掌廚，立刻謙虛地回應：「謝謝朱姐！很不巧，我前一餐剛好吃太飽，這一餐可以省省。」

我很節儉，知道賺錢的辛苦，花錢買來的食物，不吃光對不起自己。打開冰箱冷凍櫃，今年的端午節還存有去年端午節的粽子。轉眼到了中秋節，翻一翻，果然，冷凍櫃裡還有去年的月餅與綠豆椪。對了，還有一鍋佛跳牆，是前一次農曆新年時，好友贈送的拿手菜，他希望我進補身體，熬煮一大鍋。我分裝成一人食用的分量，密密包裹在彌封袋裡，數一數有二十八包，足夠我吃到下一個春節。最奇異的是兩小塊，裝在透明塑膠袋裡，已經分辨不清楚到底是豆腐或是百頁或是麻糬或小饅頭的冷凍物品，白白的兩粒，乒乓球大小，呈現外圓內方的形狀。我每次看到它每次都狐疑，心想，究竟該不該解凍還原它的真相？但是，我能接受解凍之後的真相嗎？如果它不是我所想像的美味，或者，它已經遺失了它原本應該擁有的美味。當初，我會決定將體積這麼小，只剩下兩塊的「東西」冷凍起來，一定有當時的道理。也許是它非常珍貴，花了我許多錢；也許它是心愛的人贈送的食物，我不能無情的辜負美意；也許，它曾經是非常好吃的食物，讓我依依不捨地想持續保有這份美味，而決定留在不衰的冷凍櫃裡。

究竟是什麼東西？我始終想不起來，難道連我的記憶力，也鎖在冷凍櫃裡？

冰箱的解凍層也是個奇妙的空間，它彷彿能提供醫美診所的電波拉皮手術，我的檸檬放進這裡兩年，完全不會腐爛，反而愈來愈堅硬。拿在手中雖不復新鮮時柔軟清香，卻能感覺到它被耗蝕水分之後的粗糙與乾脆。冰箱裡的風霜沒有改變它的生命力，只是愈來愈蒼老而已。還有一袋被我遺忘了三個月的馬鈴薯，它在我不知不覺中長出淡黃色的新芽與嫩葉，足足有五十公分長。當我打開冰箱，驚見佈滿馬鈴薯莖葉的解凍層空間時，我以為童話故事是真的，傑克的豌豆可以從夢中復活，帶我去天堂。

所有過期食品中，最難以抉擇的是愛心食物，好友惠美的母親蔣媽媽，廚藝登峰造極，我常常分享她家的美食。蔣媽媽親手做的南瓜粿，是我吃過世界上最好吃的粿類食品，從裡到外，都是高齡將近八十的蔣媽媽自己熬煮南瓜泥，碾米烹熟，調料，將香菇、豬肉末、蘿蔔乾切成碎塊，親自手工製作，一個一個捏製而成，再放進蒸籠裡蒸熟，底下還不忘墊著一片綠色粽葉，襯托光澤艷麗的朱橘色南瓜粿，並且在造型小巧圓潤的粿上，點綴一小粒棕色龍眼乾，畫龍點睛，每吃一粒蔣媽媽南瓜粿，彷彿在口腔中灌溉了一份藝術品。即使從去年元宵節到現在，我還有幾粒放在冷凍櫃裡沒吃完，也決定在天荒地老之前，一定要把這分愛心送進我的胃裡。

在我的經驗中，米類製品經過冷凍再解凍，如果包裝緊密，再加熱之後，口感的影響不大。我吃過最難吃的解凍食物，是法國麵包。新鮮的法國麵包外硬內軟，像個冰山美人，一旦成功克服乾硬難嚼的外表，會發現它的內心如此柔軟，如此甜美，而有意想不到的美味。但是冷凍之後的法國麵包，會產生一種奇異的化學變化，變得外軟內硬，雖然顏色依舊陽光如昔，但是酥脆的烘焙外層，卻成為軟黏的膠帶，撕也難撕開，原本應該是綿柔的麵包內裡，吃進嘴裡像是重組餅乾屑，碎碎澀澀，好難吞嚥。

有時想想，年近半百，人生歲月中難以吞嚥的經歷何其多，還不是咬著牙全部撐過去了。過期的食品又算什麼？長期駐存在攝氏七度或零度以下的永凍層，食物比我還堅毅，還能忍受寒冷。我的意志力，彷彿也和這些過期食品締結了盟友關係，每一次看到遙遠的保存期限數字，或者凍到分不清楚是貢丸或是滷蛋的圓形物體食物，我還是會一口接著一口，把它們慢慢吃完。

獨居山中，與已過期或過期中的食物相伴，有時候也忍不住嘲笑自己是冰山大嬸，停留在歲月與心智的侏儸紀。但是收禮收到過期食品，對於原本就不諳人情世故的我，更加參悟不透古往今來送禮的深奧學問。

拜臉書之賜，失聯很久的國中同學重新取得聯繫，她們聽到我住在山上，地點雖然偏僻，但是鳥語花香，露臺窗景終年輕拂著老樟樹的婆娑綠葉，經常有藍鵲結伴棲息，更有五色鳥兒在清晨時啾啾歡唱，海拔一百公尺，稍微遠離市區塵囂，小巷路邊野花盛開，夏日蟬鳴奔放，彷彿人間烏托邦。

於是她們決定聯袂拜訪。聽聞我無私家轎車，出入使用巴士代步，掃貨必備菜籃拖車，貼心地為我帶來一些補給品，不須山區獨居老人費心張羅待客之道。

同學Ａ是金融機構主管，嚮往身心靈修持，雖有進口車代步，但個性瀟灑，和我一樣飲食清淡，總認為吃太多肉大便會很臭，從消化到排泄都難過，因此常以蔬食或簡易料理為首選。她特別繞到辛亥路上的知名水餃店，帶來了手工現包的新鮮水餃，高麗菜與韭菜各帶三盒，可讓我飽足好幾餐。同學B是富二代，我記得國中時她的便當就特別豐富，三十五年前，她就很會吃，知道分辨黑豬肉與白豬肉的差異，每次我們交換家常菜，她嚐一口我父親炒的肉絲，便說：「這是白豬肉，味道不好。我只吃黑豬肉。」

同學B也提了一大袋食物，熱情地解釋，實在不知道要帶些什麼東西，就把家裡的食物拿來跟我一起分享。女孩子難免喜歡新奇有趣的甜點零食，我看到各式各樣繽紛華麗的餅乾糖果，感覺好奇又開心，也感覺到同學B的童心未泯。只不過裡面還有一些零散的茶包、即溶咖啡包，糖包、奶精粉包，為什麼都是散裝？有點像飯店房間打包的贈品，心裡有一點懸疑。同學B認真地拿出包裝袋裡的食物，一一為我介紹說明：「這是泰國的肉鬆，馬來西亞的蝦餅，我吃過最好吃的豬肉乾，還有一些妳一定沒吃過的零食，像這個裹上巧克力的金牛角玉米片，是新口味。還有卡通造型的軟糖。尤其是這個香港來的餅乾，我朋友送我太多盒，妳一定沒吃過，也給妳一盒吃吃看。」

二〇〇七年我為了增加收入，寫過香港旅遊書，當時就介紹過香港團購最夯商品Jenny Cookie，它最大的特色是使用可愛的小熊圖案，做為鐵盒外觀設計，加上香濃的奶油味，以及特殊的品牌故事，在當時一炮而紅。看著同學B如此熱情推薦分享，我也不好意思說我認識這個牌子的餅乾，從二〇〇七年起，只要去香港必買伴手禮，吃到現在，其實有點吃膩了。

老同學敘舊，開心團聚，數落了國中導師的變態教育，以及交換成年之後的戀愛與事業種種，直到夕陽西下，依舊有說不完的話題。中年尚具有保養餘裕的婦女，生命經歷也許有些差異，但是都有個相似的共同點，就是飲食特別節制。當天煮了三十顆水餃，每個人吃了八顆都說再也吃不下，紛紛期待餐後的咖啡茶，在歡喜的聊天過程中，連零食都忘記吃。日暮低垂，我必須準備孩子的晚餐，老同學依依不捨結束餐敘，珍重再見。

晚上兒子回到家，看到一堆新奇的零食，忍不住雀躍翻看，決定先嚐一塊卡通造型的軟糖。我自己飲食粗蠻，食物往往只要煮熟就可以下肚，或者任意取食蘇打餅乾充飢。但是對兒子的教養，我一分一秒都不鬆懈，特別注重兒子的健康飲食，就擔心他吃進了無良食品，損害身體健康。於是，很自然的反射動作，先檢查食物的保存期限，這一瞧，不得了，軟糖已經過期兩個月。此時，心中一度浮現的懸疑感模式再度開啟，我把所有華麗繽紛的點心全部檢查一遍，結果證實，肉鬆、蝦餅、Jenny Cookie 全部過期。更離奇的是置放在小圓鐵盒中，知名品牌的豬肉乾，掰開盒子之後才發現，包裝著豬肉乾的塑膠膜已經剪開，顯然已經被人吃過了，再用橡皮筋捆起來，放入設計精美的鐵盒中，誤認為禮物。

我感到前所未有的軟弱與不知所措，無法解析這些過期食品的意義。

人到中年，美貌與體力都會過期。愛情與智慧的賞味期限更是嚴苛，往往一次錯誤的判斷，代價就是一生。也許，只有散漫的天真不會過期。那些振振有詞說出：「我不是故意的」、「我真的沒想到」！諸如此類的天真，永遠都是讓人憐愛寬恕的正當理由。我總是這樣安慰自己，並羨慕那些還能擁有天真的朋友，在人世間擁抱著自己心安理得的美好慰藉。只是，過期的大嬸已經錯失了所有選擇的機會。

情人曾經送給我印著肖像的美麗巧克力，保存日期是 20150804。但是賞味期限還未到，他已經遠離。

我試著在文字中找尋藥方，治療自己的愛情無能症宿疾，為他寫了兩首短詩，命名為〈類固醇兩帖〉。

我的夕陽
是滲入橘子汁的鹹蛋黃
酸澀的品嚐
酸澀的遺忘

*

明白了
自己不是你想要白頭的那個人
便任憑眼淚
洗去黑髮的憂傷

中年之後再談戀愛，雜質特別多，歲月掏不盡的砂礫，在一次次過期食品中得到驗證。辛苦吞下去又如何？那人只是沒有坦白對妳說：他從來不吃過期食品。

愛情像橘子汁，也像巧克力，想要永久保存，也許只有放進冰箱裡，急凍，永嚐鮮。

哀愁的食物

有一次正在煮晚飯，接到好友惠美的電話，聊著聊到傷心事，我開始哭了起來。惠美說：「乖！不要再流眼淚了，等一下會煮出鹹粥給兒子吃。」

法國傳奇美食家布里亞．薩瓦蘭在《廚房裡的騎士》一書中，將「食物」定義為兩種，其一是「流行的解釋：食物是一種能夠提供營養的東西。」其二是「科學的解釋：食物一詞，指那些被我們吃進胃裡的物質，它可以被消化吸收、從而彌補生活勞碌中所帶來的身體損耗。」結論：「食物的特徵在於它能夠被動物消化吸收。」

我將美食家的論述斷章取義，為的是給自己失敗的飲食光譜，找一個美麗的出口。

吃食，對我而言，經常是哀愁的。

很長一段日子過得並不如意，生活中處處是開銷處處沒有收入，我把身邊有點價值的東西，能賣的全部賣掉了，最後，決定在飲食上節約，省下吃飯錢。朋友找我聚餐，我都以忙碌作藉口，漸漸地，餐敘少了，確實省下一筆外食的花費。接著，我開始每天只吃一餐果腹，讓食物單純成為「提供營養的東西」，而自己就是可以消化吸收的「動物」。長期的貧困與飢餓，家中調味料只剩下基本的鹽巴、醬油、痲油；其他像是XO醬、蔥油醬，干貝辣椒醬甚至胡椒粉都省了。每次的烹飪，幾乎只加入一點點鹽巴增加口感，嘴裡安慰自己這是在享受食物的原味，其實心裡明白，我已經窮到只能擁有這一點點味道。

不愛吃東西的習慣也就在這段時間養成。經常性的挨餓，讓我與胃酸變成好朋友，時時感覺著胃壁的磨擦。初時尚可，還能把它當作肝臟左下方J型袋狀器官的小可愛，體內共鳴咕嚕咕嚕的歌聲，歡唱「天將降大任於斯人也，必先苦其心志，餓其體膚，增益其所不能」。然而，胃壁黏膜細胞不懂哲學，它繼續磨擦生熱，成為一團火球翻滾，熾熱而強烈。我開始寄託旖旎的想像，也許這是藏匿在我腹腔中難分難捨的肉壁愛人，為了吟唱敦煌曲子詞：「莫攀我，攀我太心偏。我是曲江臨池柳，這人攀了那人折，恩愛一時間。」

既是恩愛一時間，我試著將胃絞痛，昇華為王國維所說的人生三境界當中的第二境界：「衣帶漸寬終不悔，為伊消得人憔悴。」等待最終驀然回首，一切燈火闌珊的光明。可是，飢餓不僅僅是腦部下視丘的神經警訊，提醒我血糖降低了！

電解質不平衡了！腎上腺素抗議了！飢餓還會挑起五臟六腑的內鬥，四肢無力的哀嚎，在身心靈大戰中，手腳發軟，頭暈目眩儼然陣前敗降。我的葡萄糖含量只夠指揮大腦前額葉最後的記憶力，對抗飢餓，必須有超然且形而上的智慧；我端出了西班牙詩人洛爾迦〈荒廢的教堂（大戰紀事）〉安慰自己。

我從月亮後面拉出一只雞腿，忽然
發覺我的女兒是一條魚，
那地方的車子一路遠去。
我本來有一個女兒。
我本來有一尾死魚，在香爐的灰下面。
我本來有一個海。什麼海？老天！一個海！
我爬上去敲鐘，可是果子都有蟲蛀，
而熄掉的小蠟燭
吃掉春天的麥子。
我看見透明的長腳酒精鶴
啄食垂死軍人黑色的腦袋，

也看見彈子球膠板上
裝滿淚水的杯子團團轉。

洛爾迦的這段描述，是我所讀過詩中最哀愁的食物。人生或愛情的戰場，總以為自己能夠追求到雞腿，其實，最後都變成了死魚。大戰之後，心靈的廢墟，只能酖飲自己的眼淚止渴。

也許是因為現實生活中太多酸甜苦辣，當我關在廚房時，只想還給自己一點清淨。我把青菜洗得很乾淨，除了不斷沖刷葉片上的汙泥，還必須用流動的水漬泡三十分鐘。我把肉洗得很乾淨，使用小刷子刷去纖維肌理中的雜質。我把魚洗得很乾淨，裡裡外外，不留一片鱗。我燉排骨湯或牛肉湯有三道程序，先洗乾淨肉，接著汆燙滌淨肉類的血水，再次用乾淨的水清洗汆燙過的肉類，才放入鍋中熬煮。細火慢燉兩至三個鐘頭，從瓦斯爐上取出，待它冷卻，放入冰箱，擱置一夜。讓湯中油脂在表面形成凝固狀，再挖去這些過多的油質，只淬取肉類中的濃湯精華，之後，再加熱，才敢端上桌讓家人享用。在這過程中，我始終覺得肉類與蔬菜已經釋放了它們最天然的養分，無須再添加其它人工甘味，因此，我幾乎連鹽巴都不置入。

我用心準備每一道菜的前置作業，往往投入好幾個鐘頭的時間，這樣的認真，像是回到了青春時期，只是書本換成了菜刀。年輕時每日戰戰兢兢，大量閱讀吸收國內外新知識，滿心期待努力就會出人頭地，過著幸福快樂的日子！

結果人生就像廚藝，精心準備的過程，不見得用美味回饋自己，往往出現哀愁的結局。

那次可能剛好不是白蘿蔔最美好的季節，我燉出來的白蘿蔔排骨湯淡而無味，明明鍋內已經放入三顆大龍骨，還有滿滿的白蘿蔔，為什麼熬了半天還是清水的味道?孩子天真，只要是媽媽做的食物，他都會吃完。但是他的父親明顯不悅，認為我做菜沒有誠意。

隔日，我去菜市場買了肉排骨，特別加入兩塊胛心肉想要增添湯頭濃郁度，並挑選最貴最漂亮，菜攤老闆拍胸脯保證甜的白蘿蔔，再次挑戰排骨湯。我在廚房裡重新啟動主廚模式，從洗排骨到洗青蔥老薑白蘿蔔，每個步驟都不敢馬虎，從中午一點忙到傍晚五點，看著鍋內翻滾一片白茫茫蒼蒼然的食材與湯汁，突然覺得這好像是我的人生縮影，自大學畢業後，在人情世故的波濤中不斷迷航，不斷翻船，至今十多年，依然流離。

我決心為湯鍋裡的小世界，增添一點色彩。心想，白蘿蔔性平偏涼，加點溫補的紅棗，不但平衡寒氣，還能夠產生甘甜的口感。於是，我開心地將紅棗洗乾淨，一個個去核，並根據坐月子飲膳大師莊淑旂的金言：每一顆紅棗都要切七刀，才能剛剛好釋放出紅棗的美味與營養。

晚餐上桌時，我的內心充滿期待，希望看到家人歡樂地享受這份白蘿蔔紅棗肉排湯，這一次，濃濃的肉香，肯定開胃。白蘿蔔祛濕，紅棗養氣活血，都是滋補的配方，也是我為家人身體健康所能貢獻的最大誠意。

結果，兒子的父親才嚐第一口，即面露不悅，他說，白蘿蔔本身具有清甜味，現在又加入香氣濃烈的紅棗，兩種不同的甜味混和在一起，讓這道排骨湯完全不像湯，像是運動飲料。

我在家庭廚藝界的考試零分已經不是第一次，聽他這麼說，當時也不在意，就當做是老師指教，我虛心學習便是。第二天晚餐，喝湯時他又叨叨碎碎念了一次。第三天晚餐，他語氣更加凝重地再度指責。第四天，我去菜市場買菜買水果，剛好遇到當季盛產的芭樂與蘋果低價促銷，買了兩大袋回家。我提著大大小小的塑膠袋，才剛剛進入門口，鞋子都沒脱掉，整批塑膠袋還掛在手臂上，坐在餐桌旁進食的他，一見到我，開口就說：「妳實在不應該在白蘿蔔排骨湯裡面加入紅棗，完全破壞了食物的特性，這樣教人怎麼喝？我已經連續幫妳喝了四天，妳每次都做這種不負責任的事情。」

原本還很得意的白蘿蔔紅棗排骨湯，讓我成為一個不負責任的人。哦！想想，我不負責任的事做得可多了，現在開始數一數可能會數到明天下午。

我站在門邊，大門還來不及掩上，手臂上的塑膠袋裡滿載著高麗菜絲瓜芭樂蘋果，個個都是沉重的負擔，我每天騎著破舊的腳踏車，像個大嬸穿梭在菜市場與廚房，燉出一鍋湯卻被連續埋怨三天，這是大嬸的臨界點了。

我毫不猶豫地從沉甸甸的塑膠袋裡，掏出蘋果、芭樂、絲瓜高麗菜，所有的固體都成為我的防禦飛彈，朝兒子的父親丟過去。可惜距離太遠，沒有一顆飛彈擊中目標物。這是我這輩子，第一次拿植物當武器，也是我們夫妻恩愛十多年，第一次讓蔬菜水果代為傳遞語言無法傳遞的訊息。

大嬸轟炸客廳之後，倉忙逃逸。騎腳踏車時為了防曬的帽子、口罩、遮陽手套都還穿套在身上，傷心的我連腳踏車都來不及騎，也顧不得打扮像個濱海採蚵婦，只能用雙腿拼命奔跑，逃離這個戰場。

無處可去的我，最後跑到附近的公園，那是兒子最喜歡玩溜滑梯的地方。四歲多的他，還是個可愛的小肉球，搖搖擺擺地攀爬至迷你溜滑梯頂端，將身軀坐穩了，看到我在滑梯的前方等待他，保護他，他才安心地滑下來。每一個遊戲，我們都很有默契地這麼玩，我總是陪在他身旁，看顧著他，守候著他。而他總是用眼神與我交會，確定了我的方向，我的存在，他就願意放手一搏。

我不能倒下來，我的兒子只有四歲，我要繼續看護他，看護他長大，看護他獨立，勇敢，比我有自信。

食物與食物之間，似乎也有著蝴蝶效應，當哀愁來臨的時候，連食物也學會了人類的勢利眼，總是讓一個誠懇烹飪的人，灰心收拾失敗的殘局。

好友贈送一鍋東坡肉，小砂鍋裡滿載著香濃的滷肉、滷汁、和滷蛋，美味至極。善烹飪的好友知道我的廚藝甚蠢，特別提醒我，剩下的滷汁可以留著，按照他的配方，繼續滷煮好吃的東坡肉。好友貼心地連砂鍋都為我準備好，我只要買五花肉、雞蛋、米酒、醬油，全部放進鍋中，小火慢燉即可。按照好友的說明，我試著自己料理一鍋東坡肉與滷蛋，我雖愚鈍，也瞭解雞蛋必須先煮熟，泡冷水，剝殼，再放入湯汁中滷煮。

一開始都很完美，五花肉顏色漸漸由慘白轉金黃，進而呈現淡淡的焦糖色澤，肥肉上凝結著一層薄薄油脂，輕輕用筷子一戳，綿密入裡，顯見已臻入口即化之境。湯汁裡滾動著安逸的東坡肉，靜待美味上桌。我在這個時候放進了水煮蛋，每一顆都小心翼翼的去殼，保持完美的狀態，希望同時烹調出美味的滷蛋。當潔白的水煮蛋放入鍋中，眼前出現的畫面，卻是一顆顆圓美的蛋只浸泡了一半的滷汁，像個巨人在兒童戲水池內泅泳似的，顯得突兀。當時，便感覺有點不妙，不過，我是個有創意的人，既然湯汁不夠，那麼，我就先滷雞蛋的下半身，稍後再來滷它的上半身。只要滷蛋有味道，顏色是否均勻並不是那麼重要，畢竟，許多格言都教導我們，要重視「內在美」不是嗎？

只是悲劇就發生在這個時候。當水煮蛋的下半身，渲染了日光浴般的小麥色，該是換上半身染色的時候了，然而，我的蛋，卻翻不了身，不知道為什麼，光滑的水煮蛋表皮會黏在鍋底，完全不光滑。當我使用鍋鏟用力把蛋轉身之後，它竟然皮開肉綻，碎了。翻身完成之後，它直接暴露彷若肚臍眼的蛋黃，面對我不知所措的視線。

我始終不明白，我的水煮蛋與東坡肉之間，究竟是發生了什麼化學效應？所有的操作順序都正常，卻會讓蛋白變成了鍋巴。想想，難道是因為哀愁的緣故？那陣子剛搬家，新環境讓我產生嚴重的安全感匱乏，我遠離了山上的一群好朋友，好鄰居，遠離了熟悉的一草一木，遠離了我在心情低落時，走路十分鐘就可以去哭訴的土地公廟。分離這件事擊潰了我的安全感，在市區裡，我找不到一個可以放心哭的地方。

崩解碎裂的滷蛋排列在碗裡，彷彿此刻的人生，我不知從何下箸。倒是天真的兒子，吃乾淨了分配給他的那一顆滷蛋。我不敢問他好不好吃，還要不要再吃一顆？兒子總是默默吃完我為他烹飪的所有食物，就像我的父親，從來沒有一句抱怨。

父親在一九四九年隻身來臺，單身十八年之後，我成為他在臺灣第一個骨肉血親，有了女兒，成了家庭，他才開始認真過農曆新年。小時候家裡過年的氣氛總是從臘八那一天開始，父親用濃厚的鄉音說：「在咱老家，臘月八日一到，所有的農事都停止，為了感謝農民的辛勞，一定要煮臘八粥，分給大家吃。」

我看著那一大鍋，可以提供三十人份的大湯鍋，裡面煮著黏黏稠稠黑黑紫紫狀似紅豆湯的食物。我問父親：「這是『臘肉』紅豆湯嗎？」

父親笑著說：「是臘八節的粥，沒有臘肉。用桂圓、紅棗、紅豆、大花豆、紫米、花生、薏仁很多材料下去熬煮，很好喝喔！」

每次過年前父親必定親自燉煮一大鍋臘八粥，花上好長的時間，坐在瓦斯爐旁，靜靜攪和這一鍋黏稠的粥品。雖說是粥，煮軟的穀豆之間卻緊緊交纏在一起，濃的化不開，一點湯汁也沒有，每次吃完一碗，我的肚子就像塞進了一個五穀饅頭，再也撐不下別的食物。而且，不知道為什麼，父親煮的臘八粥一點都不甜，甚至，愈是吃到碗底，愈是會感覺到一股苦苦的焦味。

我跟父親說，臘八粥好難吃，每次你都煮焦了。父親將湯鍋裡剩下的粥，全部倒進大碗公裡，檢查鍋底與鍋邊，沒有一絲焦黑的沾黏處，臘八粥是完全正常的。

關於燒焦的食物，夏綠蒂．白朗特在《簡愛》書中有過一段哀愁的描述，那是她被舅母送到育幼院後，所品嚐的第一頓早餐。在天花板低矮，光線又陰暗的餐廳裡，冒著蒸氣的大盆子，飄出來的香味完全沒有吸引力，每個聞到早餐味道的人，都露出不滿的表情。當育幼院師生結束禱告並吟唱讚美詩之後，早餐終於開動了，簡愛描述當時的情況：「我飢腸轆轆，虛弱乏力，囫圇吞下一、兩湯匙的粥，根本無暇品嚐它的味道。等飢餓感稍稍緩和，我發現湯匙裡裝的東西簡直叫人作嘔。燒焦的粥幾乎跟酸臭的馬鈴薯一樣糟糕，就算肚子餓也難以下嚥。」

我自己常常煮焦東西，尤其是煮一人份的四物湯，因為砂鍋容量小，又需要細火慢熬，經常只是離開廚房去看本書或寫篇文章，瓦斯爐上的四物湯，就在這轉眼之間，慢慢蒸發殆盡，那些活血化瘀的當歸、川芎、芍藥和紅棗，有一半以上的面積都黏固在鍋底，濃得彼此化不開。剩下的一半，勉強維持乾燥的藥草真面目。於是我重新加水，這次緊盯砂鍋煮沸五分鐘，新水調和燒焦的另一半濃湯，還原成一碗本來顏色就黑漆漆的四物湯，一口喝下去。

我的人生觀與飲食觀很相近，對所有發生在自己身上的事情，沒什麼好挑剔的。它在它應該來的時候來，應該發生的時候發生，因為自己疏忽而燒焦的四物湯，即使味道怪異，也不能怨怪別人，只有自己吞下去。未知的命運，就像那碗濃稠苦焦的四物湯，看不清也無法沉澱，我曾經努力想要燉補它成為養身良品，無奈卻成為苦口糜糊。我甘願接受奮鬥之後的失敗，無從抗拒，無從逃避。

很多年很多年以後，我自己也品嚐了各種哀愁的食物，才漸漸領悟到，臘八粥裡那股淡淡的焦苦味，很可能是父親煮粥時，悄悄滴進了思鄉的眼淚。

一九六五年約翰霍普金斯學院的研究調查發現，有些人喝了鮮奶之後，因為體內欠缺可以轉化乳糖為單醣的「乳糖酶」（lactase），導致乳糖累積在大腸裡發酵並釋放氣體，產生放屁與腹瀉等症狀，這種突發狀況經常被誤認為是急性腸道症候群，或心理性的情緒緊張，而疏忽治療，造成生活上的不便。最後，才發現原來這是一種「乳糖不耐症」，對某些體內乳糖酶不足的人而言，牛奶就是他們哀愁的食物。

曾有專家研究，乳糖不耐症患者只要喝下二四〇ＣＣ的牛奶，有一半的人會感到不適。我估計自己應該也是乳糖耐受力較差的人之一，經常在主持大型活動之前，因為情緒緊繃，早晨只要喝了牛奶，我肯定腹瀉三次。其實，如果知道自己對那一種食物的哀愁敏感度最高，盡量避免，人生自然健康穩固。最怕就是，有些因為感情或出於善意，而不得不吃下的哀愁。

我的炒米粉，就創下了最輝煌的紀錄。

我有一個乾妹妹，士官學校畢業除役後，到臺北來發展，有一陣子住在我家。乾妹妹吃苦耐勞，貼心又善解人意，在電視臺做現場副導，三餐經常不定時，開始上班之後從圓滾滾的身材變成了紙片人。我見她日漸消瘦，很是心疼，每次一起吃飯都會叫她多吃點。

有一天，我心血來潮，想自己做炒米粉，只是我從來沒有料理過米粉這種食材，只吃過外面攤子賣的熟食。而且外面的米粉攤很有趣，總是把米粉放在蒸籠上，要吃的時候夾一些到盤子上，另外淋上醬汁。這讓我誤以為，所謂「炒」米粉只是一種誇飾性的修辭，其實米粉不是用炒的，是蒸熟的！坊間一定要用「炒」來形容米粉，可能跟它的千絲萬縷有關。這解不開理還亂的米粉絲，不就像是情人之間糾纏不清的花邊絮語，或嘮嘮叨叨的父母親碎碎念著吃飽了沒？功課寫了沒之類的煩瑣。

於是，我按照我的理解，把一團米粉放進電鍋裡蒸熟，想當然，只靠大同電鍋的水蒸氣，讓米粉軟化的濕度有限；另外，我燉了一鍋肉臊，這是跟好友的母親學來的，她說不能加水，只靠醬油與米酒煨煮絞肉，味道才會香濃。

乾妹妹下班回到家，我開心地與她分享今日晚餐，朱式炒米粉。

乾妹妹說：「這看起來跟外面的好像不太一樣。」我回答：「姐姐親手做的，當然跟外面的不一樣。」

乾妹妹嚐了一口，小聲地說：「米粉好硬。」

「那麼就多加一些肉臊汁！」我特別殷勤地為她斟入許多肉臊，希望她吃肉補肉。

「可是，好鹹。」她有點委屈的說。

「鹹就多喝點水。」我想她工作太勞累，味覺也疲乏，親自去為她倒了一大杯白開水。

「妳盡量吃，能吃光最好。我很難得下廚耶！」我得意的說。

乾妹妹溫柔體貼，從來不會拒絕別人的好意，她吃一口米粉，喝一口水，我在旁邊不斷鼓勵她努力加餐飯，在這樣的熱烈氣氛下，她默默把我端給她整大碗的「炒」米粉吃完了。

「太棒了！」我歡呼著！

「我肚子好撐喔。」乾妹妹說。

「那麼我們出去散步，順便借光碟回來看電影。」

乾妹妹順從地跟著我出門，走路到步行十分鐘的錄影帶店，她一路上不太說話，入夜的街道上，我也看不清楚她的面容，直到走進錄影帶店，在燈光下我才發現她臉色有點憂鬱蒼白。我還以為是她工作太辛苦的關係，依舊熱情地問：「想看什麼電影，自己挑喜歡的，我們今晚放鬆一下。」可她卻靠在牆壁邊，似乎只想坐下來休息。

在回家的路上，我依然說說鬧鬧，絲毫沒有發現乾妹妹的異狀。她本來就是個善於聆聽的人，謙虛又有禮貌，所以我才這麼喜歡她。

終於步行回到家，鑰匙剛剛打開門，乾妹妹一手攔住我，一手掩住她的嘴唇，口齒不清嘟噥噥地說：「對不起，讓我先進去，我要去廁所。」接著就衝進了屋內。

我納悶著去廁所有什麼好搶的？還要說聲對不起實在太見外，逕自開啟光碟機，準備看電影。在等待乾妹妹的空檔，還去廚房切了水果，泡了茶，翻出一些零食餅乾，等著家庭電影院開張。

乾妹妹進入廁所已經二十分鐘，我在客廳愈等待愈奇怪，這到底是怎麼回事呢？基於手足情深，我敲敲門詢問：「若薰，怎麼了？還好嗎？」

她虛弱無助的聲音從廁所裡面傳來：「我吐了。」

「為什麼？」我幾乎可以想像她抱著馬桶的樣子，驚訝地問：「晚上妳吃了什麼？」

「米粉。」她更加疲累地說。

「可是我也吃了炒米粉，我沒事啊！」

「小珍姐，妳炒的米粉沒問題，是我吃太多了，米粉滿到我的喉嚨，我在錄影帶店的時候就想吐了。」

等到乾妹妹終於淨空了她的胃腸，吐到紅眼眶走出廁所時，我真是尷尬到了極點，完全不敢正視她的臉龐。我像是個做錯事的小孩，一直低著頭，愧疚地請她多喝一點白開水。另一方面，又為了維持自尊，疑惑地問：「妳也沒有吃的比我多很多呀！」

「小珍姐……」乾妹妹的聲音依然軟弱無力：「我想，應該是我吃一口米粉，配一口白開水，在胃裡面，米粉吸收了白開水，開始膨脹，超過了正常的胃容量，一直膨脹到我的喉嚨，最後才會忍不住吐出來，真是不好意思，對不起，對不起。」

我料理出讓人吃了會吐的炒米粉，那個受苦的人還跟我說對不起，真是雙重的哀愁啊！現在回想，我對人生態度的魯莽，早在二十五歲那一年讓乾妹妹吃到吐的炒米粉，就已經出現了警訊，可我卻顢頇不知頓悟，直到二十年後，還是看不清楚自己的缺陷，一生都攪和在與哀愁有關的人事物中。

在電視臺工作的好友結婚，自然是喜事一樁，剛結婚就懷孕，更是雙喜臨門，我們都期待著新生兒的來臨，渴望著好友喜獲麟兒，在不久的未來，將小寶貝當做自己的孩子一樣疼愛。只是好景不常，也許因為工作忙碌，或體質因素，這孩子才兩個多月就沒了心跳，突然發生血崩。

好友在醫院做完引產手術後，打電話通知我這個傷心的消息，我不知道如何用言語安慰好友，一心祈禱她能迅速康復，無論是心理或生理方面。於是，我決定燉一鍋魚湯，親自送到醫院為她進補。好友打電話給我的時候是傍晚，菜市場早已經休市，買不到新鮮的活魚。我只好去超市裡，先買一條常見的鱸魚，返家後立即清洗乾淨加入薑絲煲湯。我以誠意烹煮這鍋魚湯，雖然有一點點擔心與焦慮，但我絕對是清醒地完成一切料理過程，在晚上七點的用餐時間，抵達醫院，送上我的關懷與問候。

憔悴傷心的好友，一個人躺在病床上，她說先生下班之後會來陪伴她，母親已經外出幫她買晚餐。空氣中瀰漫著一股濃濃的哀愁，連白色的床單都彷彿是告別式輓聯攤平偽裝。我知道充滿母愛天性的好友，多麼期待擁有一個自己的寶貝，如今發生了這樣的憾事，讓平日互相笑鬧的姐妹淘之間，像電腦當機般卡在醫院這個生老病死的空間。

直到好友的母親返回，才讓沉謐的氣氛有了一點暖意。伯母說：「我知道妳帶了魚湯來，所以今晚沒有在外面先買。我明天會去菜市場買新鮮的魚，再給女兒煮魚湯。」伯母大方開朗，是個健談的人，她還詢問了我一些細節，比方說煮魚湯有沒有加鹽之類的。我回答沒有，我自己生過孩子，知道手術後飲食清淡為上策。

我對好友說：「妹妹，妳好好休養，我明天再來看妳。」

好友說：「妳忙，沒關係，醫生說我明天就可以出院。」她對我點頭微笑，她笑的時候跟手術前一模一樣可愛沒心眼。

第二天中午，我接到了好友的電話，她說：「國珍，我打這個電話來，沒別的意思，只是要告訴妳，我可能會多住幾天醫院。」

「怎麼了？發生什麼事？」我緊張地問。我知道有些女人生完孩子之後可能產生一些併發症，但我從沒想過引產手術也有可能導致類似的情況。

「沒什麼大事，妳不用擔心，只是我一直拉肚子，醫生不敢讓我出院。」

「為什麼？妳吃了什麼？」

「我也不知道，我只喝了妳煮的魚湯。」

空氣在剎那間凝結，我……我……我半天說不出一個字來。

「國珍，別難過，不是妳的問題，應該是我自己體質的問題。」病中的好友試著安慰我，她說住院幾天完全康復後，會先回媽媽家坐個小月子，正好娘家就在自己住家附近，也不會太麻煩老公。等到休養好了，立刻回來上班，我們姊妹再好好聚聚。

掛斷電話後，我仔細回想昨晚煮魚湯的過程，每一個步驟都非常小心，洗乾淨切段的魚，洗乾淨切絲的老薑，洗乾淨的鍋具，洗乾淨的湯碗與湯勺，最重要的魚湯也連續煮沸二十分鐘，小火慢燉半小時。我倒底是哪個環節出了錯？讓好友在醫院裡忍受引產痛苦的同時，還增加了拉肚子的折磨。

人生的環節彷彿也是如此，我到底是在哪裡或什麼時候做錯了什麼事，讓所有的努力都化為烏有，還增加別人的負擔，成為累贅。每次我認真付出的善意，在人生旅途這個冗長的烹飪過程，卻總是產生化學質變，導致離奇的結局。滿懷誠心究竟該如何料理，才能夠儲蓄在愛的銀行，滋養愛的利息？這個問題我想了一輩子，到現在都想不出個解釋。

長期獨居，漸漸少了烹飪的機會，連吃飯這件事情都跟著遺忘。每每啟動瓦斯，看著爐上青火爍爍，映照著自己的孑然孤獨，分外慵懶，硬是省略了咀嚼的動作，把所有與人生或食物相關的苦與愁，囫圇吞嚥下去。

我最喜歡的英國小說家朱利安·拔恩斯，寫過一篇叫做〈食欲〉的短篇小說，描述一個失智的老牙醫與情人之間的故事，用食欲隱喻性欲，在色衰愛弛之後，只剩下食物的名稱繼續牽引兩個人的戀情。老牙醫幾乎癱瘓，每天最主要的活動就是坐在椅子上，聆聽照顧他的情人唸書給他聽，透過《烹調的樂趣》、《康斯坦絲·斯普賴食譜》、《瑪格麗特·科斯塔四季烹調法》等書，喚醒老牙醫的感官。情人曾經調皮地故意朗讀《一九五四年邦維書爾的倫敦》這本書，試圖讓老牙醫回憶起自己年輕時，剛剛懸壺濟世的青春時代，那時候，老牙醫還能在書上眉批許多筆記，而如今，他只對如何買到羊肉有興趣。

這篇小說中，朱利安．拔恩斯創作出讓我認為是歷史上最動人的求婚宣言：「薇薇，我想和妳有一段長長的曖昧關係，從我們結婚以後開始。」即使這段克服萬難而締結的婚姻關係，終究走向滅亡，然而他們還是開始了。情人始終陪伴在老牙醫的身邊，在他狀態不好的時候保持冷靜，狀態好的時候讀書。每每透過書中食物的辯論，拉近彼此的心靈距離。例如「牛排牛腎派」，老牙醫會專注聆聽，參與意見。

情人說：「這道菜最經典的使用配方是牛腎。」

老牙醫：「牛腎必須先在沸水裡焯過，然後把一．五磅牛腿肉或其他牛肉切成半英吋厚的小薄片。」

老牙醫不斷強調「或」，他說：「或四分之三磅小牛或小羊腎，或三茶匙黃油或牛脂，或一杯紅葡萄酒或啤酒。」

說完之後，老牙醫笑了。情人看到他笑了，好高興。

故事就到這裡結束。

在走向死亡的道路上，還有人陪伴著，面對哀愁的命運，也能擁有片刻的歡愉。愛欲滅絕之後任憑食欲牽引，人與人之間，若是交換過真心，始能情繫最本能的感官與記憶。小說家朱利安．拔恩斯的作品，第一次讓我感覺這麼勵志。

我最哀愁的食物，是與情人結束旅行前的最後一餐，即使滿桌豐盛佳餚，入口全都是無味的料理。明天的分離，再見面不知道是什麼時候。中年人談戀愛，各自有沉重的負擔，歲暮年華，我們都知道，天長地久不但是神話，更是謊話。分離前的最後一頓飯，總讓我聯想起死刑犯上路前的最後一餐，通常國際慣例都會讓將死之人自行選擇食物，滿足遺願。如果是我，不會選擇食物，我渴望得到一滴情人的眼淚，在來世相見的夢中。

玉米的眼淚

我家花園曾經出現過玉米田的榮景，故事要從鴿子說起。

一隻羽毛上閃著翠綠紫羅蘭光澤的鴿子，停在我的木櫺窗前時，我原本只把它當作人間偶遇的一幅畫，彼此欣賞。直到正午的陽光西偏，直到夜色來臨，這隻鴿子依然站在那兒，彷彿沒有家可以回去了。

當時我幻想著烤乳鴿的滋味，一度帶著抓蝴蝶的網子靠近牠，想要捕捉牠。沒想到靠近時牠也不動，依舊站在哪兒，像個多年未見的朋友，我才發現牠腳上圈著一條刻印編號的金屬扣環，原來是有主人的賽鴿。那麼，牠應該有自己的家。

「你回家吧！」我們跟牠說話。鴿子不理，也不飛走，在窗邊靜靜守候著，不知道是為了誰的命運。

第二天適逢假日，爸爸清晨外出運動，回來時帶著一些工地廢棄的木材，還買了紗窗網子，在後院搭起一個簡易的大型鴿舍，把鴿子放了進去。

父親說：「給你一個家。」

將近三坪的鴿舍，空間充足，體型嬌小的我幾乎都可以在裡面後空翻。只有一隻鴿子享受著這樣的「豪宅」，不知道是爽快還是坐監牢。又過了幾天，可能爸爸也覺得鴿子很孤單，竟在下班途中，順便買了另一隻鴿子回家跟牠作伴。我們連鴿子的性別都不會分辨呢！爸爸說：「如果同性就作兄弟姊妹，如果異性，就結為夫妻吧！」

兩隻鴿子靜靜在籠裡住了一個月，不知道從什麼時候開始，撿拾牆邊竄生的野草與棚頂的落葉，竟然構建了一個小鳥巢，接著，巢裡出現幾顆迷你蛋。沒多久，小鴿子出生了。

那一陣子的生活樂趣，便是每天放學回家的傍晚，去後花園觀察鴿子家族的成長壯大，清晨則在鴿子「咕嚕嚕……咕嚕嚕」規律的鳴叫聲中起床。一年內，鴿子不斷繁衍，旺盛的生殖力不久之後就讓九族宗親塞滿了鴿舍，他們上下振翅，卻無處可飛，你推我擠，共振齊鳴，形成了巨大的噪音，絲毫感覺不出人類常常形容三代同堂的樂趣！

為了豢養鴿子，爸爸特別向鳥店買進大批乾燥玉米粒，儲存在後院裡。我和妹妹調皮，在餵鴿子的同時，也拿了一些灑在前花園的空地上，沒想到，玉米的生命力如此旺盛，不澆水不施肥，甚至完全遺忘它，還能默默快速茁壯，幾個禮拜之後就長到半個人高度。剛開始還覺得好玩，花園裡一片欣欣向榮，符合古詩中「春風吹又生」的浪漫，沒想到，接連下過幾場大雨，萬物得到滋潤激勵著繁衍，竹籬笆上的九重葛迅速擴張一倍，連老松樹都長出新枝枒。又過了一兩個月，我家花園突然變成盛大的玉米田，打開大門，會讓人以為進入綠色的異次元。當時我還沒有一百公分高吧，單株玉米對我而言簡直像棵巨樹，茂盛的玉米田就是樹林，若非花園裡有條小徑通往住屋，我恐怕會找不到回家的路。

玉米是禾本科玉米屬植物，據考證原產地應該在美洲大陸。隨著一四九二年的「哥倫布大交換」，到十六世紀後期，西班牙人在菲律賓建立殖民地，美洲農作物開始傳入亞洲，接著進入中國。學術界認為，早在西元一三九七至一四七六年於《滇南本草》卷中〈玉麥鬚〉裡就記錄了：「玉麥鬚味甜，性微溫。」這玉麥鬚指得應該就是玉米。一五五六年後人范洪的手抄本中，又增加了「玉蜀黍，氣味甘平，無毒，主治調胃中和，祛濕。」等記錄。然而，一般公認，關於玉米這種農產品最明確的記載，出現於西元一五六〇年，也就是明朝嘉靖三十九年，趙時春的《平涼府志》：「番麥，一曰西天麥，苗葉如蜀秫而肥短，末有穗如稻而非實。實如塔，如桐子大，生節間，花炊紅絨在塔末，長五、六寸，三月種，八月收。」

十九世紀之後，人口暴增，產生糧食危機，耐旱耐瘠的玉米在一般糧食作物難以生長的貧瘠土壤，都可以種植，而且產量還比大麥或高粱多出百分之五至十五。為了讓人們吃飽，玉米逐漸成為農作物大宗。同治年間《建始縣志》就記載了當地：「居民倍增，稻穀不給，則於山上種包穀、羊芋或蕨蒿之類，深林幽谷，開闢無遺，所種惟包穀最夥。」

這段歷史說明了，原來，不是我家花園的土壤特別肥沃，或父親具備點石成金的綠手指天賦；而是，玉米這種農作物太偉大了，它幾乎是一種不會死的植物。

也難怪任意潑灑在花園裡的玉米粒，會自行繁衍成玉米田。還沒放暑假，我和妹妹已經在綠油油的城市角落玩瘋了。本來只是捉迷藏，後來發現，無人關心的玉米樹，竟也自行繁衍出果實，看著它們漸漸展露金黃色的頭角，彷彿為這間老屋注入了新的希望。每一天我們都期待著品嚐自己種的玉米，每一天都鑽進玉米田裡，撫摸著顆顆橢圓滾滾的玉米果穗，希望它們快快長大，雖然包裹著玉米的葉片上有一層絨毛，我常常因為太靠近而導致過敏，全身發癢，數度被父親禁止進入玉米田。但是，在飽滿的枝葉之間遊蕩，看著婆娑豐饒的玉米葉片，有點像是長著綠色鬍鬚的聖誕老公公，彷佛可以帶我穿越時空，暫時消失在地球。我不顧父親的叮嚀，放學之後依舊穿著制服穿梭在玉米田裡來來去去，想像自己就是麋鹿，不用等到聖誕節，已經在綠色芬蘭的天空中馳騁。

玉米田面積不大，加上當初亂灑的種子，讓它們的成長環境太擁擠，葉片挨著葉片，以及平均一百六十公分的植物高度，完全遮住小孩的身影。我常常和妹妹在裡面追逐，假裝我們有很多不說話的好朋友，換取暫時的友誼與擁抱；有時候我會模仿各種動物的聲音嚇妹妹，興致高昂時偶而學學鬼叫，在小小的綠色之國，各自發揮各種想像力嬉戲。

某個黃昏玩過了頭，也許是嬉戲到一半，姊妹倆一言不合又鬧彆扭，我全身發癢便自己跑進屋裡去洗澡，完全忘記妹妹早已被嚇得不能動彈，在一棵玉米樹後面躲到天黑都不敢出來。直到父親回家，只看到我一個人在書桌上寫功課，才發現妹妹消失了。

玉米與鴿子同時存在於我家將近兩年，自己種的玉米美味甘甜，但是蟲害嚴重，收成一次之後再也不結果，只剩下一片茂密的林子成為遊戲場，卻也不幸讓妹妹在裡面嚇到上演失蹤記，讓爸爸決定砍了所有的玉米樹，還原這塊土地本來的清爽面目。

清理完了玉米田，某日，爸爸說，鴿子太多了，吃飼料要花好多錢，乾脆也放他們走吧！

我和妹妹服從父親的決定，含淚打開鴿舍的紗門，親眼看著他們的動作，從狐疑、好奇、到趨前試探、展翅離去，不到一個鐘頭的時間，兩年來天天見面的寵物，全都奔向了屬於它們的自由。只剩下那隻腳環有編號的老鴿子，牠飛到對面平房的屋頂之後，靜靜佇留。

「我們養不起你……你跟你的家人走吧！」我對牠說。

牠的羽毛在夕陽裡反射著溫柔的光澤，身軀比剛來時豐滿了更多，腳上的號碼環早已嵌進肉裡，成為終生的印記。他是飛不動了嗎？還是跟我們一樣捨不得？直到深夜，我們聽到牠「咕嚕嚕」的叫聲，從屋頂不斷傳來，陪伴著家人吃晚餐直到做完功課的時光。最後一次，聽著牠獨唱平靜安詳的鴿子安眠曲，在重複的節奏聲中，沉沉睡去。第二天，再也看不到牠的身影。

也許我不喜歡吃玉米，跟鴿子的離去有一點關係。而且，一粒粒玉米的模樣，總讓我聯想起黃金色的眼淚，璀璨卻哀傷。

日本歷史學者宮崎正勝在《你不可不知的世界飲食史》當中，形容玉米是「窮人的小麥」，因為栽培簡單，收穫量相對出色，西元一四九二年由哥倫布從美洲帶回歐洲之後，不僅填飽了窮人們的肚子，也徹底革新了過去以麵包、肉類與乳製品為主的歐洲傳統飲食文化。

如今基因改造玉米無所不在，玉米製品使用在各項產品中，包括塑膠容器、紙張紙板等等。食物中的含糖飲料與布丁，靠玉米加工製料維持光澤與形狀，冷凍魚肉食品也依賴它保持表面乾燥，美國的家畜與家禽都是吃玉米和玉米桿長肥長壯的。我最近買了日本製的含珍珠粉維他命C營養品，因為好奇心想要研究究竟有多少可以讓我回春的珍珠粉含量，卻在成分標示欄中，赫然發現「玉米澱粉」這四個字。

美洲原住民印地安人，以玉米為三餐主食，從出生到死亡的食衣住行都仰賴玉米，即使在不同部落使用不同的語言，皆有志一同地稱呼玉米為 Our Mother、Our Life、She Who Sustains Us。可見玉米在某些民族生活當中的重要性。

在歐洲，對玉米用情至深的國家應該是羅馬尼亞，在婚禮中遍灑玉米粒作為繁衍生殖的祝福，到現在西班牙還保留著結婚時灑著混和稻米和玉米的儀式。羅馬尼亞人認為玉米可以治療感冒、燒燙湯和皮膚疾病。羅馬尼亞哲學家詩人 Lucian Blaga 曾經描述童年時期，一段令他陶醉的回憶，那時他光溜溜地跳進玉米桶裡，金黃色的穀糧淹沒他的脖子！（註）

As a child — used to love to jump
Naked into the maize barrel,
Drowning up to my neck in golden grain……

這樣的畫面，在我的童年也上演過。只是，玉米粒是用大麻布袋裝好，再賣給商人。我也想過在麻布袋裡浸泡玉米浴，但是一隻腳還沒跨進去，就被大人趕出穀倉。

偶而在鄉間度過的童年歲月裡，有一段記憶印象特別深刻。我所居住的小鎮，經常瀰漫著一種香味，像是紫色羊蹄甲花被春雨洗去了羶氣，又像朝陽蒸發了龍眼樹上的露珠，細細品嗅它應該是某種植物的芬芳，彷彿千年檀香木被拿來燻烤一片褪色的楓葉，在密蘊的氣味中似乎重新瞥見那滿山崢嶸的朱紅槭楓，而它漸漸飄落……

那時還有炊煙四起，用空心磚與油毛氈搭建的平房，是小鎮居民的典型住宅，廚房裡總是有個灶，煮飯炒菜燉湯甚至燒熱洗澡水全靠它。而用來生火起灶的是

註｜Margaret Visser, *Much Depends on Dinner The Extraordinary History and Mythology, Allure and Obsessions, Perils and Taboos of an Ordinary Meal*, Grove Press, 2008

乾燥的玉米梗，失去玉米粒的褐麻梗子上遍布窟窿，彷彿家鄉耄老歷經滄桑的孤弱，而它終究還是要犧牲的，在灶中貢獻生命最後的火花。

那鄉間瀰漫的味道，就是燃燒玉米梗之後的氛香。

很久很久以前，在花東縱谷平原中，只要經過有部落群聚的地方，很容易就聞到空氣中這股特殊的香味。越是往山的方向行進，越是在空氣裡飄散著濃濃的植物香。那時，玉米是此地居民們最重要的經濟作物，每次收成時，總是動員全家老小採收與製作。

當太陽光剛剛從東邊映照山峰，大人們早已戴上斗笠、穿著密實的衣裳，深入田地裡，用人工的方式一顆顆採收玉米樹上的飽滿果實，那包裹著金黃顆粒的表地，牽扯著絲絲鬚鬚彷彿不願與母體分離的玉米，大人們眼明手快、動作俐落地摘下一個又一個可以換錢的寶物；孩子們則是穿梭在高過人頭的樹林農地裡，玩起捉迷藏的遊戲，通常還會有兩三隻狗兒跟著奔跑、吠叫，交織著孩子們的笑聲與蟲鳴，這是花蓮鄉間最典型的夏季。

每年七、八月，玉米田裡的農耕與嬉戲重新上演，除了農耕與收成，玉米的故事還有續集。我清楚地記得，老黃牛拉著鐵板車晃鐺晃鐺地回到了家，將整批豐收的玉米堆疊在倉庫中收藏。遇到出太陽的日子，孩子們幫忙著將結實的玉米

從倉庫裡搬出，新鮮的玉米必須去除外皮，等待好幾天的曬乾功夫，接著，再以人工方式將玉米粒一顆一顆剷下；所謂的人工，其實就是我們這群老弱婦孺。在本地農產品發達的年代，青壯的成年人是到田裡幹活的料，走不動的或容易累的老人與孩子們，則留在曬穀場上當二兵。我們人手一個小剷子，努力地刮呀刮，把曬乾之後的玉米粒，一顆顆從玉米梗上完整分離。於是，就在你一言我一語，說說誰的動作慢，笑笑誰的手最笨，或不時炫耀自己的獨門快速技法之類的玩笑聲中，成千上萬的玉米粒開始出現在曬穀場上，堆成像故事書中的撒哈拉沙漠那樣巨大，或是成為擅長點描法的新印象派畫家 Georges Seurat 筆下的小池塘，隨著日曬，將池塘顏色由乳白漸漸變成金黃。

而孩子們是天生的行動藝術家，看到眼前翩然仿真的沙漠與池塘，魂不溜丟地就躺進玉米粒堆中翻滾，潑撒，游滑，任憑老婦們叫啞了喉嚨，孩子們早就玩翻了天，把玉米粒當作碎花雨灑向人間，灑向你我的身上，灑向小鎮裡銀藍的天空，碧綠的樹，灑向黑色油毛氈的屋頂，灑向鄰家的曬穀場。點點金黃玉米在陽光下閃耀出溫暖的色譜，像金箔般地在每一個角落閃閃發亮，我的童年，在金色的玉米海與藍天白雲的記憶裡，譜上了最美的一段啟蒙樂章。

玉米粒最後的命運，是將它一碗一碗盛起，放進麻布袋裡，商人們會在約定的時候來到農家，以袋計價整堆運走。留下來的玉米梗，同樣堆成一座褐色的小山，卻是個沒人會去理會的孤獨的山。也不知是人們具有廢物利用的天性，或者是代代相傳的祖傳家法，從我有記憶開始，玉米梗除了被我用來當作誘餌逗弄小狗跑步的工具，或投擲牆壁紅心檢測自己的臂力和視力之外，大人們總是會把曬得更乾的玉米梗，拿來當作灶火的煤材，乾枯的玉米梗與煤炭同樣結實，雖然剛放進灶裡不會引燃噗熾大火，但是隨著高溫悶燒的時間越久，玉米梗同樣會燃起熊熊火焰，而燃燒玉米梗之後的煙霧，便裊裊盤旋，從挨家挨戶的煙囪裡流動而出。有時，在午後雷陣雨過後的傍晚，山間瀰漫著薄薄的霧嵐，失去陽光襯托的山色，在入夜之前彷若中國水墨畫的黑與白，一棟棟矮小的平房，冒出陣陣白煙，煙裡有淡淡的氛香，大人們說燃燒玉米梗能夠驅蚊，可我身上依舊被蚊子咬得點點斑斑，只有在深情凝視小鎮這幅山水畫的時候，遺忘了蚊子叮咬的酥麻痛癢。

許多許多年以後，農地被政府徵收蓋了電廠，決策者採購便宜的進口玉米，作為民生大計。曾經在花東縱谷一望無際的玉米田消逝了，現代化的廚房也沒有人拿玉米梗當柴燒了，更別提曾經在曬穀場上波浪縱橫的金色玉米海，與孩子們推波吶喊的歡笑。那味道，那圖畫，彷彿只剩下存在於腦海中的一個定格畫面，與偶然吃著水煮玉米時，不慎由齒間滑落出一顆玉米粒，剎那間被誤認為一滴豆大的淚珠。

心靈雞湯

惠美的母親是廚藝高手，在我懷孕時特別煮了兩種口味麻油雞讓我試吃。

「為什麼有兩種口味，是公雞與母雞的差別嗎？」我好奇的問。

惠美瞪我一眼，說：「一種加鹽，一種加糖。」

好友希望孕婦舒適飽足地度過產後階段，貼心設想，事先讓我選擇最喜歡的口味，讓我在坐月子時，能夠品嚐自己最愛的味道，安慰受禁錮的新手媽媽。我開心地進食兩碗麻油雞，這兩碗都是使用大塊土雞腿肉製作，肉質滑嫩富有咬勁，就連薑片也配合雞腿肉的氣魄，寬面平整、紋路細緻、香味撲鼻。兩碗湯頭皆濃郁鮮美，稍稍放冷之後竟微微凝凍出膠狀，顯示雞肉的營養全部煮到湯裡了，能夠將雞湯熬煮到這麼豐富飽滿的層次卻又保留著雞肉的口感，惠美的母親廚藝功夫實在了不起。

湯足肉飽之後，愉悅的我抬頭向惠美說：「請一定要記得代替我謝謝伯母。」

「那麼妳決定了嗎？選擇哪一種口味？」

哪一種？

左邊的加糖，右邊的加了一點點鹽，妳喜歡哪一種？

我睜大眼睛無言地望著她，兩碗麻油雞都十分美味，美味到讓我分辨不出來加鹽或加糖。

我的人生料理，大抵也分辨不出苦澀與甘甜，往往在交叉的邊緣經過，鹹鹹甜甜之間，總是感恩的心情讓一切變得美好。

父親從來沒有做過麻油雞，他甚至很少烹調雞肉，這方面他承認有點偏食，總覺得雞肉太平淡，必須靠調味料增加香氣。小時候，家裡也很少燉雞湯，總是清一色的豬肉排骨湯，固定加入白蘿蔔或海帶。童年時許許多多個寂寥的週日午後，在陽光斜照的廚房裡，我經常站在父親身邊，看著他壯碩卻老邁的身軀獨坐在板凳上，依偎著瓦斯爐。大鋁鍋中滿溢食材，父親面對排骨湯翻騰覆浪的洶湧，靜坐禪定，彷彿為鬧情緒的姑娘挽面似地，溫柔挪移手中的大勺子，輕輕掠過湯面，撈起那滾盪的浮油與渣屑。

我不愛吃雞肉，則是因為幼稚園時期，親身經歷了長輩宰雞的傷痛。

一隻雄赳赳氣昂昂的大公雞，腦頂門上的紅冠直矗彷若英勇的武士戴上羅馬盔，遍體朱橘色的羽毛抖擻戰慄，氣勢直達黑曜石光澤般的覆尾羽，牠的眼神靈動，嘴喙堅毅，肉垂似虯髯，環顧四方謀定而動，雙跖穩固挺立支撐身軀，宣告著周圍一公尺都是牠的王國領地。

「我有新朋友了。」我歡喜地說。

「這是要殺來吃的。」長輩回應。

「可不可以不要吃牠，讓牠每天早上喔喔喔叫我起床。我一定會好好養牠照顧牠，把牠當作好朋友。」我繼續說。

也許成年人定義「好朋友」與小孩大不相同，沒有一個人理會我的童言童語，那隻大公雞，放到後花園沒多久，在那個日落夕沉的陰闇傍晚，我聽到了牠臨終前，最後一次高亢莫名的司晨之啼。

在大陸，父親的家族三代行醫，每逢農曆春節除了歡慶團圓，也是布施的日子，對生活清苦的佃農，除了免收租金還會贈送補給品。老家宅院裡最方便取得的肉食動物就是雞，婦女們從臘八節就開始宰烹群雞，每天都有數不盡拔光毛煮熟的全雞，赤身裸體，肉色黯淡卻抬頭挺胸攤展於桌面上，壯盛陳列，規矩排行，彷彿禽界的兵馬俑，陪葬著不復挽留的童年。

父親不愛吃雞，或許也跟這段童年創傷有關。他說他從小到大，每逢過年都要檢閱一次無毛熟雞神桌靜態大閱兵。這段經歷，任誰都會對犧牲自己成就他人的雞肉，產生敬畏之心吧！

父親年近七十，做心導管手術時住院，醫院的伙食太清淡，我看了不忍心，想給父親補一補，剛好天冷自己想吃麻油雞，便第一次嘗試在家親自動手做。不愛參考食譜的我，總是把烹飪當成寫作，天馬行空，憑著想像力與記憶力，以為這道家常料理，不過就是老薑黑麻油加雞加米酒，輕輕鬆鬆上桌。於是在超市裡買了乾淨分裝的雞肉塊，進了廚房，便一股腦兒把全部食材不分比例全部放進鐵鍋裡炒，再添水悶煮到肉熟與入味。

等了半個小時，心裡狐疑著怎麼都聞不到麻油與雞湯香味飄送？是時間還不夠？或者又少加了什麼佐料？對於烹飪超級沒耐心的我，已經在廚房等了三十分鐘，我燒菜的最高指導原則就是煮熟而已，想想瓦斯爐上大火悶了這麼久，至少已臻熟境，於是掀開鍋蓋察看，赫然驚察，怎麼炒菜鍋裡只剩下油與雞，湯呢？麻油雞被我煮的像三杯雞，這是怎麼回事！只好再加一點熱開水，胡亂攪在一起，偽裝成有湯的麻油雞。為了住院的父親調養身體，按照常識，總得貢獻些湯湯水水的養分滋補，才是孝心。

趁著晚餐之前趕到了醫院，將保溫瓶裡溫熱的麻油雞盛進碗裡，遞給父親，卻看到飄浮湯面上的是一層凝重的黑麻油，濃濃不見湯底，試著用湯匙撥散，油與湯又變成太極圖中的陰陽兩極，躲迷藏似地忽然東忽然西，就是不想混合在一起。

然而父親卻毫不猶豫地接過一碗濃湯麻油雞，彷若大旱遇到了甘霖，表情愉悅吃得真歡喜，他細心地嚼食雞肉塊，緩慢吐出骨頭，臉上始終瀰漫溫柔的笑容，我從來沒見過他這麼喜歡吃雞肉，他的表情好像在品嚐米其林星級法國主廚的名菜，充滿著朝聖的敬意。他將每一根骨頭都咬噬乾淨，未曾遺留肉渣，有時將碗貼近唇邊，輕輕啜飲一口湯，滿足地吞嚥下去，彎起嘴角微笑，並輕啟朱唇發出「啊」的聲音，好像那碗裡是紅塵人世間最善待他的美麗，是天界瓊漿，是長生不老的神仙水，在一碗黑不見底的麻油雞湯裡，父親滿足的神情彷若修成三生河畔因緣正果，悟道極樂。

然後他微笑的說：「這是我女兒的愛心。」

第二天我照常外出工作，直到傍晚回醫院探視父親，他神采奕奕端坐在床上，日漸康復的他，就是我在冬日裡的春旬，讓這陣子的憂鬱漸漸恢復了暖意。我對父親微笑，還來不及開口，例行檢查的護士背對著我，看不到我的身影。她正在

幫父親換上新的點滴瓶，護士小姐可能以為老先生都有耳背的毛病，朝著父親非常大聲地說：「伯伯，你昨天到底是吃了什麼，怎麼會拉肚子？剛剛動完大手術要注意飲食，不要亂吃東西喔，尤其是太油膩的食物。」

父親遠遠凝視著我，含笑點頭，什麼也沒說。

倒是我，從此再也不挑戰麻油雞。

油膩膩的麻油雞，讓父親在醫院康復期間拉肚子，我愧疚不已。那麼，換做輕淡的原味雞湯可以嗎？我的愛依舊，只是以最簡單的方式呈現。

那是千禧年的冬天，父親以八十高齡最後一次進行下肢人工動脈手術，我們特別安排大陸的姊姊與姊夫來臺探親。第一次來臺灣的姊姊、姊夫，準備了純金戒指送給我，而我，為了表達誠意，決定在家中燉一鍋雞湯，展現熱烈歡迎。

那時我在電視公司上班，非常忙碌，根本沒時間在廚房裡好好盯上數個小時的火候，使用砂鍋在瓦斯爐上慢慢煲出美味雞湯。此時，突然想到多年前買的悶燒鍋，剛好派上用場。

悶燒鍋是德國人發明，日本人發揚光大，做為省時省能源又不必擔心煮焦的一種料理鍋具。分做內鍋外鍋的悶燒鍋，利用真空斷熱的原理，將內鍋裡的湯頭煮沸之後，再置入外鍋。食材在保溫材質的外鍋中自動持續循環加熱，縮短沸騰調理的時間，輕鬆等待兩個小時，美味雞湯立刻上桌。

我從小就是閱讀說明書高手，這麼簡單的操作方是當然難不倒我。唯一擔憂的是雞的形式，上次燉麻油雞湯使用雞塊，變成三杯雞，這次發誓要脫離魔咒，我決定一次放入整隻全雞，肯定能燉煮出最豐盛的精華，獻上最誠摯的濃湯情意。

一切都在說明書的控制之中，兩個小時的時間，剛好足夠我驅車回娘家迎接父母親與姊姊、姊夫歡喜來訪。大家都期待著我的手藝，尤其是父親，他對著遠從大陸來臺的姊姊、姊夫說：「託你們的福，我可以喝到寶貝女兒親手燉的雞湯。」

他忘記了許多年前的麻油雞風暴。我心想，這次是雪恥的機會，我一定要讓父親重新對我刮目相看。

「喝湯了！」我興奮地將悶燒鍋內鍋端出來，掀開內鍋鍋蓋，頓時升起一陣不祥的預感。這鍋雞湯，不但沒有滿溢出甘美的雞湯味，而且，湯面完全沒有浮現油脂，它的顏色，幾乎跟我一開始放入雞與自來水的狀態一模一樣，水依舊清清如水，雞依然完整如雞。這隻雞，彷若潛水員閉目養神，又像是魔術師胡迪尼的變形，準備演出水牢脫困的戲法。

我親愛的家人，人人眼神透露著飢餓與感恩，我抬頭微笑與他們相互對望，更增添心虛，只得趕緊低下頭，默默將清水雞湯盛入碗裡。

父親與姊姊、姊夫用濃厚的鄉音聊著家鄉的天氣、歲收、農耕、畜牧、還有失散多年的親人近況，在溫馨交談之中，我將雞湯一碗一碗分送到他們面前，父親看到雞湯來了，非常高興，說：「大家請用，這是我女兒的愛心。」

時光進入了慢動作的狀態。我的視覺，出現眾人在澎湃熱情期待中還能維持徐徐優雅用餐的文明畫面；但是我的聽覺，卻出現了姊夫喝完第三口雞湯之後，用標準濃重的鄉音發出喟嘆：「啐雞味！」

什麼？我聽不懂。

「啐雞味！咱河南話說的是沒有雞肉味道的意思」父親溫柔的解釋。

「妳煮了多久？」

「兩個小時。」

「用什麼煮的？」

「悶燒鍋。」

「這是什麼鍋子？」

我把悶燒鍋的歷史按照說明書解釋一遍。

「哦！泡熟的。怪不得沒雞味。」

家人體貼的將面前整碗雞湯飲用乾淨，但是都謙虛地表示吃不了第二碗。大家繼續聊著天氣、歲收、農耕、畜牧、還有失散多年的親人近況，沒有人再提起雞湯二字。

我渴望討好眾人，卻總是用錯了方法，即使按照說明書逐步操作，也只是做到基本所需，將食物煮熟，淬煉不出美味。這樣的疏忽與散漫，只有父親寬容我，在每一次敷衍的人生食譜中，也只有他，默默將一切難以入口的料理吞下去。

一直到很久很久以後，我自己成為母親，為了體質虛弱的孩子，決定再度召喚雞湯的勇氣。

兒子個性溫和，從來不愛哭。他離開我子宮的一剎那，我期待所有電視劇裡的制式配音「哇嗚哇嗚」的哭聲並沒有號啕響起，取而代之的是一種幾乎可以成字的招呼聲「啊！咦！」彷彿是喃喃學語的他，向人間天地的第一句叩問：「啊！人間。咦？我怎麼會在這裡。」

嬰兒時期的他，餓了也不哭，只會嘟嘟嘴唇，最喜歡睜著一雙清澈大眼觀察人群，眼珠兒跟著我的身影轉來轉去，每一次轉身凝視，都會與他晶亮的雙眸相遇，微笑，也就遺忘了飢餓。從出生至今，每次打預防針他也不哭，總是冷靜地看著護士阿姨將針頭扎進肉裡、輸入疫苗、狠準拔出，再用涼涼的酒精棉消毒；反而是我這個母親，總是在扎針的剎那，心如刀割黯然別過頭去。

即使在我全心全意的愛護下，他還是生病了，不知名的細菌讓他在滿月時罹患敗血症，三個月大就進手術房開刀，接下來的疾病使他不斷周旋在抗生素與醫院之間，一歲半時經過診療確定為高過敏體質，氣喘發作。

兒子虛弱的體質讓我非常內疚，反省著是不是高齡產婦的悲哀；明明懷孕的時候那麼快樂，也生下了氣質溫厚的小孩，為什麼偏偏在身體功能的部分孱弱不堪。過敏兒的天賦之一是春江水暖他先知，傷風感冒流鼻水發燒氣喘異位性皮膚炎的氣象臺。

我唯一能做的事，就是好好照顧他的生活起居，強固精氣神，從藥補食補到日日雞湯的強補。

雞湯在以色列被視為治療感冒的良方，宿有「猶太人的盤尼西林」之稱。美籍猶太裔喜劇演員、小提琴家 Henny Youngman 最愛開雞湯的玩笑：「猶太婦女都有兩隻雞，一隻病了，就把另一隻煮成湯給生病的雞進補。」美國知名演員鮑勃霍伯也說過：「雞與以色列唯一的關係就是它們的湯。」許多西方的科學研究也證實，雞肉久煮之後釋放的半胱胺酸、游離胺基酸、鈉鉀離子，都是幫助平衡體內電解質，增進免疫力的成分，因此對於紓緩感冒症狀是有幫助的。

在華人飲食中，雞湯有各種煲法，也都是親切的家常料理，在我身邊耳熟能詳的就有四物雞湯、大蒜雞湯、黨蔘紅棗雞湯、鳳梨苦瓜雞湯……。許多年前家人喜歡味道濃郁，香味獨特的港式煲湯，在香港茶餐廳裡每點例湯還不過癮，回到臺灣仍然懷念這種美味，因此我常常從香港帶回港式煲湯的材料，像是「四季清涼補」、「海底椰大鮑片」、「響螺花膠」、「養腦天麻」、「補肺鱷魚肉」、「固本培元」、「魚翅骨健骼湯」等等，廚櫃裡堆的都是這些材料包。一九九九年我開始在香港國貨專賣店掃貨，一包藥材十八元港幣起算，有時候促銷還會買三包送一包，這麼划算的價格，自用送禮兩相宜，因此家裡廚櫃堆得滿滿的乾貨湯料，儼然是個賢慧的家庭主婦；現在一包煲湯佐料漲到五十元港幣，前一陣子我又買了兩包「石斛養陰補肺」湯料，回到家才發現還有一堆當年的屯貨尚未用完。

港式煲湯材料豐富，在味覺上有種行駛於北宜公路九拐十八彎卻晴日俊朗的迴旋感，這種境界很難用言語表達，也許勉強可用複雜的交響樂來比擬吧！我的嘴拙，只會分辨好喝不好喝，往往品嚐自己辛苦熬煮的雞湯，當然要安慰自己一個滿分。但是童稚天真的兒子可沒有這麼世故，他直接拒絕這種口感千迴百轉的老火靚湯。

於是我調整策略，雞湯照燉，但是只加入性溫甘甜的蜜棗、潤肺平喘的南北杏以及明目安神的枸杞；有時擔心雞湯太油膩，會將燉煮好的原湯放入冰箱冷藏，待油脂凝起，再一次除盡，讓幼兒只攝取雞湯的精華營養而不要過多的脂肪。我的一片孝心終於博得兒子的認同，簡單料理的雞湯讓他一湯匙接著一湯匙吞個不停，從他學習吃副食品開始，天天佐以雞湯補氣行血，提升免疫力，祈望他早日恢復強壯，遠離疾病。

結果那一年的小兒科診所掛號單，算一算還是累積了將近兩百張，平均兩天會去跟醫生報到一次。做了媽媽之後的我，只想全心全意扮演好這個角色，雖然不擅長烹飪，還是願意花許多的時間待在廚房，切雞肉洗青菜。兒子體虛，始終沒有好轉，讓我很無助。

於是我轉而求助中醫師。見人就笑的童稚小兒端坐在高腳椅上，尚在牙牙學語的他，看著白袍老醫師也不畏懼，任憑中醫師用二指在小手腕兒內側把脈。老醫師凝神思考半晌，又仔細端詳兒子的氣色，問：「奇怪，小朋友還不到四歲吧？」

我回答：「三歲半。」

老醫師搖搖頭，不解的問：「年紀這麼小，為什麼會如此實火攻心，脈象燥動，陽氣亢盛，五行亂竄。妳都給他吃什麼啊？」

兒子出生到現在，吃的都是媽媽親手料理的愛心……。仔細想想，除了均衡飲食，唯一跟別人家不太一樣的，可能就是每餐必搭配一碗雞湯，已經連續喝了兩年。

「童男乃純陽之體。」老醫生解釋：「小男生的體質已經陽氣過旺了，妳不需要再給他進補了，尤其是雞湯。黃帝內經說：『早臥早起，與雞俱興』，雞鳴都在早晨，正是少陽之氣主令，因此雞屬於少陽之體，辛溫陽補之物。妳又用雞湯進補，火上加火，只會補過頭。」他邊說邊嘆息。

頓時我也傻了，萬萬沒想到我的真心關愛，竟成為孩子的負擔，一句「童男乃純陽之體」，讓我大徹大悟，原來愛心也要適可而止，或者看清楚對象再對症下藥，而不是一味自以為是地熱情付出。奇怪老醫師這一席話，好像不只教導我養生觀，也暗示著我不夠成熟的愛情觀。

據說大陸某地有一道菜名叫做「猛龍過江」，上桌後只見清清如水的湯面上橫放著一段蔥，擺明忽悠。我虔敬地為孩子製作每一道料理，從來不敢懷抱敷衍之意，然而手拙嘴笨，總是做出令人難以理解的離奇菜色，就連雞湯也可以補到陽火攻心的程度。透過食物渴望親情，卻引發一連串壯烈的雞湯之戰，如此俗勇，堪稱「過江猛龍」。只是，我翻越的江流，是滔滔愛河，在失敗的雞湯中，浸滿珍惜。

我的小肉肉

我個人短暫但還在發展中的廚房簡史，始終認為摸到生鮮肉類，是廚房經驗裡最噁心的一件事，每次碰到任何肉類，不管天上飛的、地上爬的、海裡游泳的，都讓我心裡頭湧起一股毛毛感，恐慌又不知所措。有人觀察過嗎？所有四隻腳畜牲的鮮肉，都有紋理，順著紋理切割，很容易成形，不管是條狀、絲狀、或丁狀。魚肉當然也有紋理，可是因為它的柔軟，可以任我宰割，我有時候會在魚的身上用銳利的刀劃出長條型、十字型，或交叉型，讓魚肉在乾煎或清蒸時，比較容易煮熟。

但是對於畜牲的肉我就毫無辦法，最怕剁雞肉骨頭。有一陣子家中經濟出現困難，cash flow 管理不當，所有的消費必須使用信用卡，於是到大賣場一次買回十天半個月的食物，成為當時的生活模式。Costco 的生鮮肉類品質不錯，價錢也公道，鹿野土雞最便宜，一隻一九九元，我常買回來燉雞湯。唯一的缺點是，賣場的廚房不幫客戶將全雞切成雞塊，我必須自己回家處理。

第一次拿起菜刀剁全雞，看著眼前軟綿綿一團裸體，我驚恐地使不出力氣，手中的菜刀只是碰到了雞胸，那隻光溜溜的雞就滾到了地上，連續表演兩個後空翻。第二刀決心用力砍下去，卡在雞屁股，如果比照人體解剖圖，應該就是刺傷了髖骨的部位。第三刀砍中雞脖子，卻沒有斬首的快感，因為堅韌的雞皮還黏在一起。第四刀改變策略，也許從關節的軟骨處下手，有機會事半功倍。於是握緊菜刀，在大腿與胸腔結合處慢慢磨擦，緩緩分屍，終於見到骨肉分離，第一個雞腿塊即將成形。只是切到最後，還是有些筋脈難以切斷，終究又是大刀一揮，才輾斷了模糊血肉與骨頭。

那次剁全雞的經驗，讓廚房成為命案現場。一隻鹿野土雞的血水與骨髓，可以飛濺流理臺、水龍頭開關、儲物櫃門板、冰箱的鋁合金外殼、甚至噴到天花板，還有幾滴，在省電燈泡上閃著爍爍霓虹光。

剁一次全雞，我必須廚房大掃除，此後，我都是將整隻雞丟進大容量的壓力鍋裡，讓它自己熟到爛透，自體解離。

我總覺得生鮮肉品，無論是現宰或冷凍，都帶給我極大的恐懼，在味覺上產生腥臭的厭惡感。但是烹熟的肉，則暫時不在此限。根據美索不達米亞的古老文獻，清楚記載著「讓神吃烤肉吧！烤肉！烤肉！」連神都這麼愛吃肉了，更何況是人類。美索不達米亞人一天要以肉食祭神四次，牲禮包括：二十一隻只以大麥飼養的頂級胖綿羊、四隻只喝牛奶長大的綿羊、二十五隻次級不喝牛奶的綿羊、兩隻大公牛、一隻餵食牛奶的小牛……另外還有鳥、鵝、鴨、睡鼠、烏龜、鴿子等等。（註1）

話雖如此，美國《紐約客》專欄作家 Dana Goodyear 描述她的美食家好友，曾經帶她去嘗試一間韓國人開的燒烤店，推薦非常好吃的烤全雞和烤牛心。「牛心」？曾經為了採訪，她在香港吃過雞腳、無角山羊、這些已經讓她覺得不可思議，但是她說，她還是不敢吃烤熟的牛心。（註2）

我是個道地的臺灣人，最愛臺灣小吃「黑白切」，但是我永遠也不敢碰豬舌、豬肺、豬心，這些讓我感覺像是跟豬接吻，或是讓豬掏心掏肺獻祭的食物。

不過，為了孩子的均衡營養，我還是會努力親近這些四腳動物。我有一道拿手菜，叫做「辣辣肉」，做法很簡單，將霜降豬肉整片用滾水煮熟，趁熱時撈出，切成長型薄片，原味肉片，沾著以大量蒜末配上醬油的調味料，一起入口，非常開胃，是兒子最愛的餐點之一。他每次都可以吃完一整片霜降豬肉，倒是我，面對著已經煮熟的肉，還是念念不忘它原來的生猛樣貌，而難以啟齒。

兒子已經十二歲，代表我的廚齡也有十二年。經手過的生鮮肉品無數，但是每一次只要遇到切生肉，還是忍不住在廚房裡嘟囔抱怨幾句。

那天處理大片豬肉排，正在考慮著該整片煎熟還是切絲炒豆乾？想想要煎豬排，必須先醃漬一段時間，讓香料入味才好吃。算算時間已經來不及，便直接切成絲吧，炒豆干時再加入醬油熗鍋，做爆香料裡。只是遇到切生鮮豬肉這件事，不但滿手血腥，指甲縫裡更是充滿著揮之不去的肉騷味，每次都要用牙刷把指甲刷乾淨，才有心情寫文章。我忍不住又在廚房喃喃自語，自己說話安慰自己。原本在客廳裡寫功課的兒子，可能聽見了我的獨幕劇，好奇我在廚房裡發生了什麼事，走進來探望我。他這一出現，從小到大沒有做過菜的我，都是吃我爸爸料理好三餐的我，突然間看著手中的菜刀，悲從中來，委屈的說：「我最討厭切肉了，這是一個小說家該做的事情嗎？」

冷靜的兒子，一字一句，發音清楚，字正腔圓的回答我：「這。是。一。個。小。說。家。為。她。的。孩。子。做。的。事。情。」

註1｜Linda Civitello, *Cuisine & Culture : A History of Food and People*, Third Edition, 2011

註2｜Dana Goodyear, *Anything That Moves*, Riverhead Books, 2013

他平常說話嘴巴裡像含著滷蛋，但是這一句話，說得特別清楚，彷彿每一個字都具有重大的意義。

善於烹飪的朋友說，好吃的義大利麵肉醬來源，必須自己用手剁碎。買坊間用機器碾絞的碎肉，不會好吃。不管是牛肉或豬肉，都要用手工剁。我只聽說過好吃的滷肉飯，五花肉必須使用手工，才能剁出方方正正的形狀，吃出肥瘦融合的舒暢口感，倒是從沒聽過連義大利麵的牛肉都要用手工剁，那麼義大利媽媽不就跟我一樣，整天瞎忙。

永遠的氣質女星奧黛莉赫本，最愛吃茄汁義大利麵，但是她的茄汁麵是不加肉的。根據她兒子Sean Hepburn Ferrer為她所寫的回憶錄裡記載，奧黛莉赫本年紀越大，吃的肉越少，但她並不是素食主義者，只是減少了肉類的攝取。基於人道的理由，她不吃小牛肉，仍然吃些雞肉和魚，她喜歡各種顏色的蔬果，每天吃一頓麵食。最愛的茄汁義大利麵，使用切碎的洋蔥、大蒜、紅蘿蔔、芹菜，加入新鮮番茄（或兩大罐剝皮番茄）、還有整株新鮮羅勒，以橄欖油慢火燉四十五分鐘，再燜十五分鐘。起鍋後，拌入義大利麵，灑上大量帕馬乾酪粉，就是奧黛莉赫本最愛的茄汁義大利麵。

我家小兒也愛吃義大利麵，尤其是媽媽親手做的。我的義大利麵料理只會做兩種，一種是番茄肉醬，另一種是奶油鮭魚。

位在美國加州，連續在二〇〇三、二〇〇四年獲得全球最佳餐廳美譽，被紐約時報讚賞為「全美國最令人興奮用餐的地方」，也是米其林三星級餐廳的「法式洗衣店」主廚 Thomas Keller，在他所著作的食譜書 *The French Laundry Cookbook* 裡，特別為魚肉料理寫了專門的篇章，標題就是：〈對魚充滿熱情〉。Thomas Keller 說，在所有料理中，最多彩多姿也是他最喜歡的食物就是：魚。魚肉，比其它蛋白質提供更多樣化的質感與味道，而且油脂比較少。在擺盤上，魚肉永遠是最棒的臺柱，它的視覺相當吸引人，最終讓人印象深刻，還有強烈的衝擊感，遠遠勝過畜類與家禽的料理。

我喜歡吃魚，特別喜歡在宴席中吃魚。一但魚肉上桌，代表著逢場作戲的飯局即將結束，不善社交辭令的我，終於可以鬆一口氣，準備回家。我年輕的時候個性內向害羞，但是很諷刺的，卻都從事需要與人對話的服務業。從我的嘴裡說出工作上專業的內容或術語很容易，可是那些人際關係或人情世故的道理，以及其中綿密如麻的眉眉角角，我則是完全沒有悟性，常常說錯話，得罪人。因此，每當有需要出席的餐會，我都會事先準備幾個笑話，做為社交禮儀。觥籌交錯，杯酒言歡，直到魚肉上桌，我會第一個自願吃魚頭，因為吃魚頭很麻煩，需要花比較多的時間，但對我來說是一種解脫，我可以在細嚼慢嚥的過程中，低頭很久不用說應酬話。

兒子在一歲半時，檢驗出是重度過敏兒，因此食用副食品的前幾年，我都盡量避免海鮮類食物。持續用藥減敏治療到四歲多，我想應該是可以嘗試海鮮的時候，開始讓他自己學習吃整條魚，而不是讓媽媽剔骨去刺為他準備好魚肉泥。

首先從魚刺較少的乾煎白鯧魚開始，這小子真能吃，他自己用筷子翻來夾去，可以吃乾淨一整條魚。有時候媽媽偷懶，打聽到有一種懶人蒸魚法，只要把鮭魚或鱈魚洗乾淨，加入蔥薑米酒，使用強化玻璃餐具，置入微波爐中，微波五分鐘即可，方便省事。我按照這樣的做法，魚肉是熟了，但是嚐過之後，總覺得少了一點什麼，很難解釋的，或許可稱之為媽媽的味道那種溫馨。當然，兒子也不愛吃，他還是喜歡媽媽親手煎熟的魚肉。

厚片鮭魚的處理，先用米酒醃一個下午，再用細火慢煎二十分鐘，約達到百分之九十五的熟度就可以上桌，中間保留一點點半生熟的部分，軟綿綿有點像生魚片。吃不完的乾煎鮭魚，隔天手工去除魚刺，撕成碎片，在炒鍋中熱一點奶油，將碎鮭魚肉置入，再加入洋蔥、鮮奶油、牛奶、少許胡椒粉、鹽巴一起熬煮，便是奶油鮭魚義大利麵的材料。

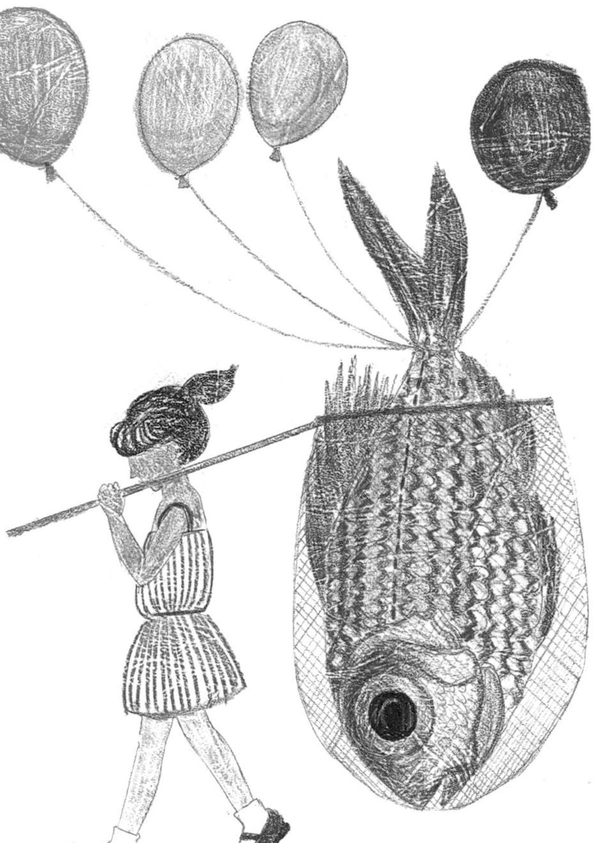

兒子很會吃魚，更會挑魚刺。吃奶油鮭魚義大利麵的時候，被他從嘴裡慢慢吐出一根魚刺。他說：「媽媽，你沒有把魚肉挑乾淨，還有魚刺，下次你不要做鮭魚麵了，我要吃肉醬義大利麵。」

「我是你的臺勞嗎？」我白了他一眼。

沒想到這小子像是發表學術演講一樣，繼續滔滔不絕的說下去：「要做肉醬義大利麵時，記得，妳不要用上次那個難吃的澳洲牛絞肉，要用美國牛肉。因為妳以前都用美國牛肉做肉醬，好好吃，我覺得妳以前做的肉醬比較甜，比較香，所以牛肉也不要亂買。」

「我是作家臺勞啊？你這麼挑剔，我以後不做菜了。我只要化好妝，穿美美的，帶你搭公車下山，去外面的餐廳吃飯。你再挑！你再挑啊！」

他不說話了，低頭把一整盤奶油鮭魚義大利麵默默吃光。就連旁邊那一盤兩人份的水煮青花菜，也在不沾任何醬料的情況下，一個人吃完了。

我有時候做菜很情緒化，因為廚藝這一行始終不是我的強項。我很想透過親手做菜這件事，向兒子證明我誠摯豐沛的母愛，可是，每一次在廚房裡的用心，卻總是意外做出難吃的菜餚，也愈來愈打擊著我的自信。異想天開這種本領，用在藝術創作上，也許是件好事，但是用來烹飪，可能釀成悲劇。

小學一年級偶然聽人提到烤肉這件事，感覺很新奇，但是我家從來沒有圍爐烤肉這樣的經驗，只好不斷幻想著，烤肉究竟是怎麼一回事。直到某次，久居鄉下的表妹來我家玩，跟我說，烤肉很簡單啊！就是把肉用火烤熟。

我翻出一個打火機，問她，這樣可以烤熟一片肉嗎？

她說不行，打火機的火太小。

那麼，用瓦斯爐的火呢？

她說應該可以。

於是，我從冰箱裡拿出一片父親醃好的豬排肉片，那是他準備做便當菜的材料，我想鍋裡這麼多片肉，拿一塊出來烤父親應該不會發現。我們用鐵製的過濾網當做烤盤，點燃瓦斯爐的火源烤肉，瓦斯爐的火是青藍色的，有種陰森森的感覺，和卡通片裡溫暖的紅色火焰差距很大。好不容易將生肉烤到有點熟肉的感覺，瓦斯桶突然沒瓦斯了，這下可好，半生半熟的肉該怎麼辦？

那麼我們用報紙生火，繼續烤熟吧。

這個動作有點恐怖，可能會引起火燒厝，因此我們決定到花園裡去，在水龍頭的旁邊用報紙烤肉，萬一發生意外隨時可以滅火。沒想到報紙的分量太輕薄，幾秒鐘就燒完一張，燒光了一個月份的報紙，那片肉還是沒有全熟，只好繼續燒第二個月，終於把那片豬排肉，燻烤成好像可以吃的樣子。

經過這一番折騰，已經沒有人願意享受烤肉的樂趣了。那片肉，最後究竟是進了誰的肚子，我早已經完全忘記。倒是四十多歲時，認識了美食家朋友，他評估，我應該是七歲時吃了用報紙烤的肉，鉛中毒，影響智力，導致後來的命運多舛。

美國知名飲食作家 Michael Pollan（註3）在他著作的 *Cooked* 一書中，提到了「火」，是烹飪這門專業中的第一項要素。他自己的啟蒙經驗也來自於「火」，特別是烤肉，在自家後院挖灶燒烤的 Barbecue。

我也有在自家後院烤肉的經驗。那是住在花蓮鄉下的姨媽，為了讓孫子們有個安全的戲水空間，在後花園裡蓋了一座游泳池，池邊特別保留一片空間，用來作為烤肉區。

經常看美國電視影集的人，可能會對於游泳池邊的烤肉畫面，充滿嚮往。藍天白雲，椰子樹綠影搖曳生姿，色彩鮮豔的比基尼女郎，三角肌與腹肌挺立的猛男帥哥，優雅交談，媚笑且交換耳語，或漫步在泳池的碧水之湄，啜飲水晶高腳

註3｜Michael Pollan 在加州大學柏克萊分校成立「食品與農業新聞」獎學金並長期講學。《時代》雜誌評選為 2010 年全球百大最具影響力人物之一。

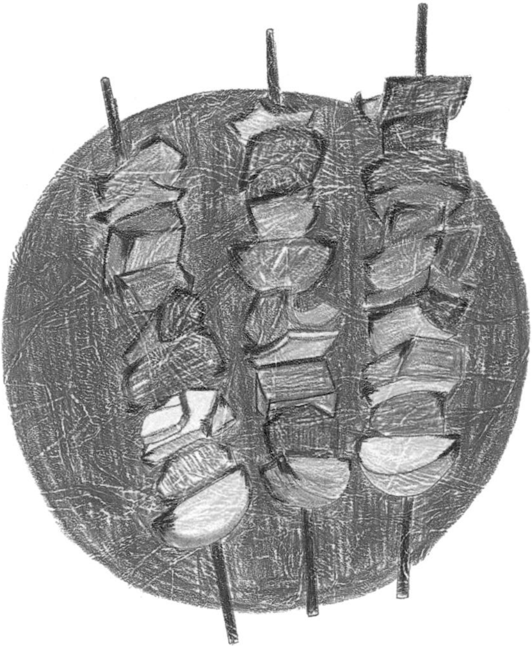

杯中的香檳紅白酒。架高的烤肉臺，噗滋噗滋的冒著油煙，大塊菲力米儂牛排肉，在鐵絲網架上炙烤著，香味隨著畫面陣陣傳來，讓人對天堂般的國度，充滿奢華又溫馨的憧憬與想像。

我真實的經驗，確實也享受到了藍天白雲，椰子樹搖曳的泳池烤肉經驗。雖然沒有比基尼與三角肌，但是孩子們的歡笑聲，處處洋溢，這些小可愛們，無論是跳水時的靈敏，划充氣橡皮艇的魯拙，在水裡玩躲避球的詭計多端，或是把游泳圈當作藍球框，考驗自己的身手與準確度，噗通跳進泳圈裡的戲謔，都讓我這個中年女子，渲染到這分毫無偽裝，不經修飾的天真與歡愉，看著他們青春暢快的童稚身影，內心時時刻刻充滿感動。

兒子在游泳時裡玩水時，最喜歡說：「媽媽看我！媽媽妳看我！」然後他會作出任何奇怪又有趣的調皮動作，吸引我的注意力。

大人一邊烤肉，一邊聊天。在鄉下，不像都市裡這麼講究，一條剛剛解凍的臺灣鯛魚，直接放在鐵網上，抹塗上厚厚一層鹽巴，不用翻面，慢慢等它自己熟。水桶裡不斷湧進流出的水源，泡著尚未解凍的豬肉，那是上個月鄰居辦婚禮殺豬的贈品，放在冷凍庫裡，想吃隨時拿出來。部落裡生活自在，吃食隨意，烤肉更隨興，沒人有時間講究食材，事先將肉品醃漬香料；他們的時間用來慢慢聊天，等待冷凍肉品被流動的水增溫，時機成熟時它自然可以變成食物。

我為孩子準備鮮奶，他戲水玩得正開心，沒時間喝，只好先放回冰箱裡冷藏。打開姨媽家的冰箱，赫然發現裡面有一隻毛茸茸的動物小腿，金黃色的短毛，小小的黑蹄。

回到泳池邊的烤肉區，問他們冰箱裡怎麼會有一隻腿？嚇我一跳。眾人紛紛傻笑，說那是山羌肉，我可能看不習慣。山羌是昨天剛剛獵到的，大家分一分，卻還來不及冷凍。說著說著，火爐上的肉片已經陸續烤熟，香味陣陣撲鼻傳來，卻也引誘了許多蒼蠅，蒼蠅們到處沾惹，穿梭在所有的杯盤上，低空飛過高溫冒煙的烤肉，黏一下青蔥又染一下水果，最愛煮熟的食物，不管是大鍋菜還是剛烤好的雞腿、或是被遺忘的烤香腸。大軍出動的蒼蠅，專門在烤肉區發動空襲，什麼都要探索，就連水杯的邊緣也不放過，黑色的身影在杯緣稀鬆站立排列，像是偷親著我剛才啜飲果汁之後留下的唇印。親友們靦腆的解釋：「好奇怪，蒼蠅好像也特別愛吃烤肉呢！」接著拿起自然湧出山泉水的水管，到處噴水，沖洗地板，換得暫時的寧靜。

雖然花蓮鄉下烤肉的經驗，與美國電影的畫面完全不一樣，但是，卻是我們生命中最開心的回憶。每年夏天，我都會帶著兒子，回到鄉下的姨媽家，連續住個三天，連續在游泳池邊烤肉三天。然後帶著滿懷的溫暖，回到臺北的家。每一次與蒼蠅共舞的烤肉經驗，都讓我體會到，人生路上真正的歡喜，不會在乎那一小撮黑影幢幢；人與人之間的自在或不自在，就像蒼蠅盯肉，要麼繼續忍受，要麼，拿起大水管沖一沖，洗滌那些黏膩塵埃，也洗去所有不愉快的人事物。

我們沒有錢出國旅遊，每次寒暑假過後，開學沒多久，兒子回到家，會開始跟我說班上同學又去哪一個國家玩，有些什麼特殊的景色，買了什麼新奇有趣的外國玩具。我告訴他：「安安，媽媽現在沒辦法負荷這麼多的旅費，我們要量力而為，不要羨慕別人好不好？」

他說：「我一點都不羨慕，我只是回來分享給妳聽。」

我接著說：「等媽媽存到了錢，一定會帶你出國去玩。」

他笑笑：「沒關係，我覺得花蓮已經很好玩，我可以每年都去花蓮玩。」

我的心上肉啊！兒子從娘胎中就是這麼貼著我的心。那時我負責播報夜間新聞，加上採訪工作非常忙碌，有時候連飯都忘記吃，有時候也疏忽了自己是個孕婦，常常忙到半夜，才發現，好像今天一整天，肚裡的兒子都很安靜，沒有任何動作。於是，我會在這個時候跟他說：「寶貝，媽媽等下就要專心播新聞了，但是今天還沒有跟你打招呼，你在裡面好嗎？你還活著嗎？如果你很好，可不可以動一動讓我知道。」

每次只要我這樣呼喚他，他一定會伸出小手或踢踢小腳，在我肚裡輕輕蠕動一番，很輕微的，很甜蜜的，完全不會造成我任何疲累或不愉快的運動。

「我的小肉肉！」每晚睡前我都會說上這麼一句話，摸摸他的手，捏捏他的腳，戳戳他的臉蛋。看著他一天一天長大，兩人手碰著手，他的手掌已經超過我的手掌面積了。

「我愛你！我愛你！你知道我有多愛你嗎？」

「無限大。」他總是這麼回答。

我趁機教他一句英文：Infinity。他跟著我重述了一遍。

然後，我們彼此相望，就這樣，靜靜地睡著了。

胎教前世今生

與兒子共用兩人晚餐，食材很簡單，將新鮮黑豬肉片與剩下的高麗菜、青花菜、貢丸、黑輪等魚漿製品放入清水裡，煮成小火鍋。魚漿再製品中已經添加許多味精與調味料，不需加鹽，煮出的湯頭帶點人工甘甜，偶而這樣吃一下無妨。熬煮完成之後，只吃青菜與肉，貢丸黑輪只是用來增加鮮味，沒有人要吃。這是因為，從小我就沒讓孩子吃過魚漿再製品，他長大之後也吃不習慣。兒子出生時多病，很多容易導致過敏或不健康的食材，都在我的拒絕購買名單中。原本我以為，兒子的挑食是被我的不良廚藝調教，內心總有一股揮之不去的惆悵；但是，後來才發現，有一些食物，根本就是前世今生的陰魂不散。

母子倆的晚餐時光，只要我的料理很「正常」，兒子都會吃光光。這次的美味小火鍋也是如此，我們一邊聊著校園紀事，一邊用餐，突然，他從繁富豐盛的湯料中，挑出細細長長顏色清白如湯底，夾處在煮軟的高麗菜葉縫中很容易被忽略的兩根金針菇，放到我的盤子裡。

「妳忘記我被妳遺傳到不吃菇嗎？」兒子說。

「那是香菇，這是金針菇。」我回答。

「還不都是『菇』。」兒子堅定的說。

香菇的故事，是我的烹飪簡史中最大的悲劇。這個悲劇，讓從來不相信命運的我，不由得懷疑真有一種次元是人類智慧無法理解的空間，那兒藏著一種盤古開天的原始記憶，尤其透過母子連心的胎盤臍帶血。明明各自擁有各自的大腦和五臟六腑，我呼吸我的空氣，嬰兒肺腔循環著子宮羊水；我動我的大腦神經元，他發展他的腦部突觸。我倆除了交換體液，和各自想像的模樣與期待的情感，在真實生活裡，我們沒有對話，沒有辯論，沒有Q&A。我是一個孕母，營養提供者。我保持快樂的心情，希望孩子從胎教中培養樂觀的天性；我認真工作，期待孩子能感染勤勉的態度；我每天都告訴他我好愛他，但願他在充滿愛的能量中茁壯，並擁有慈悲的心腸。但是，我從來沒有想到，一段關於香菇的遭遇，會讓兒子與我都經歷了恐怖離奇的食物創傷。

我剛懷孕的時候。是我人生第二快樂的階段。那時候事業得意，家庭美滿，父母健在，手足情深，知交滿天下。我們的家庭好友，某證券公司總經理在過年時，送了一包「花どんこ椎茸」，我從來沒有看過這種白色有花紋的香菇，粒粒肥碩壯觀，體積與我的手掌差不多大小，覺得很新奇。但是因為我從小到大沒進過廚房，完全不知道該如何料理這種食材，就順手擺在櫥櫃裡忘記了。

直到懷孕約七個多月，某日在辦公室裡吃到同事自己滷的香菇，驚為人間極品！平凡沒有特色，日常在自助餐廳打菜都不會注意的香菇，怎麼突然變得這麼香，這麼柔軟，這麼美味！我立刻謙虛地向她請教作法，同事說：「很簡單，只要加水加醬油和冰糖，全部放進去滷一滷就可以了。」

同事的滷香菇，是市面上常見五十元硬幣大小的黑色香菇，她因為吃素，經常使用香菇增添蔬菜中的鮮味。那天，在便當的綠色蔬菜與黃色炒蛋之間，出現了滷味香濃的黑色香菇，油光的色澤，甘甜的口感，嚐過之後令我念念不忘，連續瓜分了好幾顆便當中的香菇，同事體諒我是一個孕婦，也任憑我貪食。

只是事後覺得很不好意思，把人家素食者便當中的菜餚吃去了大半。想想，我也應該努力做些什麼回饋人家。我一向具有DIY的精神與勇氣，既然同事說滷香菇很簡單，那麼我就自己試著做做看。剛好想起家裡有一包現成的「香菇」，只要買了冰糖，就可以料理。

我挺著七個月的肚子，在廚房中翻箱倒櫃找出最大的湯鍋，按照同事提供的

食譜，放入水、醬油、冰糖。接著，打開那一包花どんこ椎茸，好香的花菇啊！味道清新鮮美，飽含潤澤的濕度，誘惑著我好想把它當作零食生吃。只是顧慮到自己是個孕婦，不宜胡亂生食，也就放棄了這個念頭。

有人說懷孕到後期，智商會變低，因為要分去一些智力給肚中的胎兒使用。我感覺這種說法總有點推諉賴皮的意思，我很正直，承認在廚藝這方面，我從來就缺乏智商。就像這次的香菇料理，已經站在熊熊烈火的瓦斯爐前，看著鍋中熱水即將湧滾，我卻對於食材與水、或醬料的比例，完全沒有概念，沒有想法。在準備放下花どんこ椎茸的當時，心中充滿了猶豫，我是該將花どんこ椎茸全部放進去？還是先放一部分滷滷看味道如何再決定？這種白色的香菇，跟同事請我吃的黑色香菇長相很不一樣，我可以這樣滷嗎？條紋細膩又潔白的花どんこ椎茸，被我這樣用醬油淹過去，滷好之後，還能看到彷若藝術品般的深淺不一的色澤與紋路嗎？當時那位證券公司總經理，曾經說過：「這是我吃過最好吃的茶花冬菇。」他如果知道被我這樣滷成黑色的花朵，對於以美食家自稱的他而言，會不會有意見？

可是我懷孕七個多月了，說不定，明天就會早產，那麼我再也沒有機會下廚了，也吃不到好好吃的滷香菇了！於是我決定一次處理完畢，將整包花どんこ椎茸都倒進了黑色的醬油冰糖水裡。

乍看之下有點反胃，花どんこ椎茸漂浮在黑水鍋，用湯勺淋壓了半天才慢慢浸入湯汁裡。我感覺到肚子裡些微不安的胎動，我跟兒子說：「乖乖！媽媽在做菜。」

剩下兩個月的時間就要臨盆，整個孕程，肚中胎兒十分貼心，我從來沒有孕吐的煩惱，食慾也正常。除了咖啡。咖啡對於一個以創意為生的人來說，不管是寫作或新聞採訪，都是一種嗎啡，尤其是我的嗎啡，每天都要來一杯，特別是清晨醒來第一杯，聞著咖啡香，那種催人悠然神往曠怡國度的玄妙感，提神作用無與倫比。但是很奇妙的，在懷孕六週的時候，有一天，才喝第一口拿鐵，就感覺到喉嚨怪怪的，卡在某種進退不得的當下，原本屬於咖啡的催情作用全部消失了，它變得淡而無味，好像吞蠟汁。我猜，那是兒子幫我做的決定。

其實我沒那麼愛吃香菇，平常外食時，香菇雞湯從來也不是我的首選，在懷孕七個多月時，突然對滷香菇產生了渴望，應該也是某種詭異的荷爾蒙作祟，讓我在毫無才華的廚藝光譜中留下永恆的印記。

等了將近一小時，心想，那鍋滷香菇應該差不多了，再滷下去，恐怕太鹹，或者不小心煮焦了。掩著鍋蓋的湯鍋邊緣，徐徐冒著慘白的水蒸氣，即使，在這漫長的等待光陰中，我的嗅覺，始終沒有聞到絲毫的滷味香，這鍋滷味跟小時候父親滷著牛腱、豬肘子肉、海帶與豆乾的誘人香味，實在相差太遠，無法引起任何垂涎的快感。我的視覺，在掀開鍋蓋之後，更是看到驚人的畫面。原本只有手掌大的花どんこ椎茸，吸收飽足水分之後，竟然膨脹成泰國芭樂那麼大，只是，它是黑色的，毫無章法的黑，毫無紋理的黑。

這……這還能吃嗎？我怎麼會把美麗的花どんこ椎茸，搞成這個樣子呢。我不敢再煮下去了，我好害怕繼續煮下去它會漲成小玉西瓜那種體型，然後從湯鍋裡滾出來。於是我趕緊熄火，撈出全部的花どんこ椎茸，用盡了家中所有的餐盤湯碗，都放不完這些香菇們，它的體積，已經比原來的包裝多出五倍。

我沒別的長處，只是個負責任的人，勇於承擔自己做的任何事。既然把總經理送的名貴花菇搞成這個樣子，我會負責任地自己一個人把它吃光，趁著先生出差還沒有回國，讓花どんこ椎茸永遠消失，我想他公務那麼繁忙也不會記住這種小事情。只是，望著總體積比我七個月肚子還要大的香菇們，我實在很難一次吞嚥乾淨。而且，我完全不知道該拿這些「黑色的泰國芭樂」怎麼辦！它們實在腫得太大了，大到超過我平庸的想像力。

那麼，我就試著把它們風乾吧！想想看那些肥潤圓滑的魚兒們，肉脂飽滿的水母們，被人捕獲後，經過風吹日曬就成為魚乾、海蜇皮，變成了扁扁平平的模樣，不但營造出另一種風韻滋味，也更容易入口。於是，我把所有餐盤湯碗中的香菇，整齊排列在餐桌上，讓它們自行在室內風乾瀝去水分，等待它恢復原來的形狀。

那時在電視臺的工作負責夜班，下午兩點進辦公室，直到夜間新聞結束後才回家。深夜獨自走進家門，打開餐廳燈光，迎面而來滿桌漆黑的香菇，好像寂寞無語的家人。經過一天的自然空氣乾燥法，它們只縮小了零點一公分，整體而言，跟我出門的時候幾乎一模一樣。

我取了一顆香菇當消夜，輕輕咬了一口，味道還可以，如果一定要眉批，就是「矛盾」二字。花どんこ椎茸的質地飽滿，穠纖合度，含一小塊在口中，嚼起來彷若鮑魚般雅緻動人，美食家焦桐曾經如此形容鮑魚：「那厚實的肉有欲迎還拒的矜持，那種輕微的抵拒感，配合獨特的鮮香，妙不可言。」大抵品嚐著花どんこ椎茸時也是這樣的口感，唇邊流連著滑潤Q彈的滋味，像用舌頭舔著嬰兒嬌嫩飽澤的肌膚，像天使的親吻。但是，口感之後引發的味覺，卻是另一種，前所未有的：平庸。這種平庸，讓我無法以任何中文形容味道的匱乏，是一種只有醬油水加熱煮沸蒸餾滾燙又蒸發一切的氣味，是單調的黑色水彩畫輕輕灑上鹽巴讓人難以想像的傑作，是讓海嘯不幸沖刷稀釋一百倍的醬缸陳年黑豆香，是讓我的口腔完全無法抵抗的迴盪起那首臺語歌曲〈命運青紅燈〉：「紅燈阻止阮不通行這條險路，是我好奇願意吃鹹甜酸苦。」命運是自己選擇的，我從自己滷煮的花どんこ椎茸得到了最大的驗證。

依照我節儉的個性，只要進到我家的食物，除非腐敗發霉長蛆蟲，要不然我絕對不會丟棄；加上我一向秉持著感恩的修行，總經理好友贈送的高級花どんこ椎茸，價值不菲，只是因緣不湊巧，被我弄得不太好吃而已，又不是醃了砒霜。因此，我決定將這一鍋滷好的花どんこ椎茸，努力吃乾淨。

第二天早餐，一盤黑色花どんこ椎茸；午餐，一盤黑色花どんこ椎茸；晚餐，在公司吃便當，也是花どんこ椎茸。同事們紛紛問我這黑溜溜的一坨是什麼東西？我說滷香菇，好好吃喔，要不要來一塊？可惜沒有人有興趣。

第三天，盛好一盤花どんこ椎茸當作早餐，正準備進食之際，轉身看到冰箱裡還有六個透明保鮮盒，裡面全部是黑色的香菇，突然間，興起一股作嘔的念頭。懷孕婦女在前三個月容易害喜，因為體內絨毛膜促性腺激素會刺激嘔吐中樞，屬於自律神經短暫失衡，通常在懷孕中期之後就會改善。可是，我已經懷孕七個多月了，按照醫生的說法，足二十八週之後的嬰兒生理發展已趨成熟，即使早產都不必擔心。但是，我卻在懷孕七個多月才開始產生強烈的孕吐感，這倒底是怎麼一回事?我的口腔，我的胃壁，我的大腸小腸與直腸，全部都抗拒著讓花どんこ椎茸繼續進入食道。我再也吃不下任何一口香菇，甚至連看到它的形狀都害喜。

我每次搞砸任何事，不知所措的時候，都會想到父親。這次的香菇事件也一樣，我把剩下的六個透明保鮮盒，全部帶回娘家，跟父親說：「爸爸，還好你沒有痛風，可以吃香菇。香菇低熱量又高纖維，富含核酸類物質，可以促進血液循環，防止動脈硬化，以及降血壓。」

父親接受了我敬贈的所有香菇，他笑著說：「嗯！這是女兒的愛心。」

當時從事新聞工作，即使懷孕也一樣忙碌，沒多久隨即忘記滷香菇這件事。隔週假日，回娘家探望父母親，午餐結束後，父女倆泡茶閒聊，父親突然說：「孩子啊！我知道妳不會做菜，但是每一次無論妳做了什麼菜，我都很開心的分享。只是這一次，這個滷香菇，真的很難吃下去，妳到底是怎麼做出來的呢？」

據說這麼難吃的東西，仍然沒有遭受狠心被拋棄的命運。在我們家一向勤儉持家的傳統之下，被我媽媽想辦法分解料理，她將滷好的香菇切片、切絲、切丁、炒肉片、炒肉絲、炒肉丁。終於，在七天之內，終結了所有的花どんこ椎茸。

經歷這次的離奇料理，我有近三年多的時間不敢吃香菇，任何種類或任何烹調形式的香菇。直到兒子三周歲，有一天燉雞湯的時候，突然想起小時候的味道。父親喜歡排骨湯，偶而也會燉個香菇雞湯，天冷時飲用，倍感溫馨。我被這分童年的記憶牽引，父愛讓我戰勝了長期以來對香菇的恐懼，我欣然地將幾粒乾香菇，泡水，去蒂，置入雞湯裡熬煮。砂鍋裡燉了兩小時，充分釋放美味，香菇雞湯確實有它獨特的魅力，因為香菇有一種特殊的氣息，來自純淨的山中，來自無汙染的原木，它和松露一樣是食用真菌，彷佛也共同分享了三千年的飲食文明，來自遠古的樸素氣息，令人悠然神往，令人陶醉。

三歲的兒子純真乖巧，打從娘胎出生以來，娘餵他吃什麼他從來歡喜接受，只是這一次，只是啜飲一口具有濃厚歷史感的香菇雞湯，娘還細心地吹冷了湯匙中的佳餚，確定是口感溫度才敢送進他的嘴裡，他，卻直接吐了出來。

第二口也是，直接吐了出來。他的臉色變得黯淡，眼神充滿無奈，嘴角緊抿，咬住牙齒，再也不讓我餵第三口。

這個雞湯跟我之前燉過的所有雞湯都是一樣的步驟，唯一的不同只有加進了香菇。往後，在我所有烹飪的菜餚當中，只要加入了香菇，都會看到兒子臉上出現哀愁的面容。

一直到他十二歲，還罹患有「恐菇症」，即使只有兩根細細長長已經煮到快融化的金針菇，依然會被他眼尖地挑出來。我覺得很好奇，難道真的有「胎教」這種不可逆轉的天生品味嗎？於是，我有時會故意挑戰他的觀察力，把少量香菇，用磨碎機磨成泥放進肉臊裡，或把磨菇切得極薄熬煮在番茄肉醬義大利麵的醬料中，或是把杏鮑菇切成正方形裹上麵包粉假裝是油炸起士，或把猴頭菇剁成分辨不清的畸零狀加上重口味的九層塔一起炒蛋。無論我如何偽裝「菇」的造型，兒子永遠像是個天生會尋找松露的山豬，一秒鐘就判斷出這道菜裡面藏有香菇，無論任何種類的菇。

我從來不相信命運，但是這種胎教的命運也真是太令人震撼了！只不過是在懷孕七個月時自編自導自演了一齣香菇的悲劇，竟然讓兒子從出生到現在都不敢也不願嘗試一口飽含抗癌多醣體的香菇。

很多人都說小孩偏食，尤其不愛吃青菜，二〇〇八年我在研究所念書時，有一個學弟已經二十五歲了，他說他這一輩子沒有吃過青菜，因為不愛吃。

「你媽媽沒有教過你青菜的好處嗎？」我問。

「有啊！可是我還是拒吃。」學弟回答。

想想，我兒子除了不吃香菇，倒是沒有排斥過其它的食物。當他開始吃副食品時，我就加入大量的青菜泥，通常用乾淨的剪刀將青菜剪得碎碎的，拌入稀飯或肉屑裡。等到他的乳牙全部長齊，便開始訓練吃青菜，每次大概有半個飯碗的分量，規定他一定要吃完。

青菜的纖維質比肉類多，入口難以咀嚼，無論如何烹調都缺乏肉類的葷香，更沒有誘人的特色，對於兒童來說，自然是不受歡迎的食物。為了訓練三歲多的兒子吃青菜，每一餐我都在他面前演出「快樂吃青菜」的兒童劇，神情愉悅地享受著那一根根愈嚼愈無味的青菜。

按照佛洛伊德的說法，兒子愛戀母親是天性，但是這並不等於兒子會盲目崇拜媽媽所有的一切。我從他的眼神中，觀察到他似乎懷疑著我的示範動作。在這裡我必須解釋一下，我是有犯罪前科的人。兒子被我騙的最厲害的一次，是在兩歲時，為了誘惑他吃奇異果，我故意在他面前，挖起一勺綠色的中國獮猴桃，表演開心吃奇異果之後旋轉舞蹈的歡樂動作。天知道，那一年的奇異果品質實在很不優良，我吃進去的第一口就像是吃了硫酸，酸到我的眼睛立刻直覺反應地瞇了起來，還要忍住裝笑臉。當時兒子年紀小，對這個世界完全沒有質疑能力，特別相信他最親愛的母親。於是，他順從地吃下我餵他的一湯匙奇異果。兒童是世界上最不會說謊的動物，奇異果剛剛陷入口腔，他的眼神，他的嘴巴，他的表情，他的手勢，都呈現出怎麼一個「酸」字了得的姿態。我故意騙他：「這很甜。」

他更加疑惑地看著我，並指指桌上的香蕉，問我：「那個不是甜？」

吃青菜也是一樣。有了一年多前的教訓，他當然不再相信我。沒關係，這次我不比演技，我比耐心。為了等待他咀嚼吞下盤中所有的青菜，我們的午餐時間可以從中午十二點進行到下午三點。三個半小時後，繼續挑戰晚餐的青菜，從六點半進行到晚間九點。我陪著他，坐在餐桌上，競技著無聲的持久消耗戰。我不生氣，也不說話，簡單明瞭地告訴他，不吃完自己分內的青菜，不准下餐桌，不准玩，這是用餐禮儀，也是對做菜的人，以及對自己的健康，最基本的尊重。

持久戰消耗了我半年的歲月，終於讓兒子養成了吃青菜的習慣。有一次他從幼稚園放學回來，跟我說：「媽媽，我放的屁很奇妙喔！因為我吃很多青菜，所以我放的屁跟別人的味道都不一樣，大家都說香香的。」

兒子的乳牙還沒有長出來以前，我餵他的副食品必須是泥狀物。坊間販售著即食的嬰兒肉泥罐頭，我總擔心那裡面滲有防腐劑或化學產品，影響健康，不敢讓兒子多吃。後來，為了補充幼兒的蛋白質，我自己發明製作嬰兒牛肉泥。

先去批發商買大包裝的牛腱肉（在我多次的實驗過程中，發現牛腱比牛腩少油，處理過程比較輕鬆），切塊汆燙去血水洗淨，加老薑與少許米酒放入壓力鍋

中，燉煮五十分鐘，讓肉質完全熟透鬆軟。待湯汁冷卻後放進冰箱，冷藏一夜，凝結出油脂，隔天取出，將油脂挖除。再將純牛肉與清湯，全部放進果汁機裡打碎成泥，分成小袋裝，放進冷凍庫，可以連續按照三餐餵食蔓藏兩個禮拜的食物，足足有餘。

有時我嘗試在牛肉湯裡加些洋蔥、芹菜、胡蘿蔔，一起煮到爛熟再打成泥，偶而也會放些菠菜，但是絕對不加鹽。我總覺得一個人的味覺是被訓練出來的，也很容易受到壞的影響，如果從小就吃慣了人工甘味、化學香料、或者鹽巴胡椒等重口味的食物，就會像司馬光〈訓儉示康〉裡面說的一樣：「由奢入儉難」。所以，兒子從小到大吃我做的菜，幾乎都是少鹽、少油，只要食材新鮮，我們幾乎都吃原味，不加任何香料調味，我家吃燙青花菜直接水煮上桌，薯條也不沾番茄醬。

只有一次，從超市買來的工廠水餃實在太難吃，從餃子皮到內餡都有一股無情的機器味，菜少蔥薄肉稀鬆，真不知道這間頗具知名度的水餃品牌是怎麼經營下去的。六歲的兒子與我各吃了一個，臉上都露出難以吞嚥的表情，但是已經煮了二十五個，算算瓦斯水費人工錢，實在捨不得丟掉。我只好拿出黑豆醬油，伴著水餃吃，試圖消除機器水餃的乏味。沒想到第一次嚐到醬油的兒子，竟然對這種微生物發酵釀造的古早配方產生強烈的興趣，以後每次吃飯，都要求我倒一點醬油給他，配飯或沾菜吃。

我照顧兒子從零到五歲，除了東坡肉、滷牛腱、照燒雞腿等需要用到醬油的菜色中，嚐過一些重口味，想想，他還真沒有吃過單純的醬油呢！但是這種吃法也讓我很緊張，攝取過多納離子容易口渴，造成腎臟負擔，而且，我從小就懷疑，我臉上的雀斑都是因為吃太多醬油製品導致的。

我是高齡產婦，三十五歲才懷孕，同事說我屬於那種會「藏肚子」的孕婦，懷孕已經六個月，從背後看完全不像個臃腫的孕婦。也因此，外出的新聞採訪工作照做，夜間新聞照播，還經常幫攝影師揹著沉重的器材，有幾次造成輕微出血，我也有點擔心，有個老中醫提供祖傳固胎良品，聽說一位將軍夫人在六十歲的高齡意外懷孕，老蚌生珠可喜可賀，被全家奉為皇太后，絲毫不敢大意，懷孕全程皆飲這道固胎良品，成功一舉得男。這個祖傳配方沒什麼稀奇，就是每天喝一杯新鮮的胡蘿蔔汁，原汁最好，如果味道不習慣，可以添加一些蘋果或檸檬汁。我聽得半信半疑，但想想做法並不難，便開始每天榨一杯新鮮胡蘿蔔汁，連續喝了兩個月，果然漸漸身強體壯，尤其是胃口大開，懷孕初期一個月才胖一公斤，自從喝了固胎良品，變成一個星期胖一公斤！

另外還有一道懷孕末期的養胎良品：煮熟的蓮藕汁。據說蓮藕健脾養胃，補氣養血，更重要的是具有排毒效果。嬰兒在媽媽子宮裡，呼吸循環都依賴羊水，羊水可不像游泳池，有水管一邊注入乾淨的水一邊排出骯髒的水，羊水就是那些在子宮裡不斷重複使用的成分，到最後嬰兒的大小便也在羊水裡面循環，因此母體更需要清熱解毒。我在生產前的最後兩個月，每天喝一些蓮藕汁，說也奇妙，嬰兒出生時皮膚光滑粉嫩，很多嬰兒臉上經常出現的脂肪粒，他一顆也沒長過，讓我心裡暗爽。不過新生兒黃疸還是發生了，因此住院三天照光治療，這時候，我又憂鬱起，是不是胡蘿蔔汁喝太多，讓寶貝的皮膚染色了。

懷孕的時候還有一段趣事，那時候快要過年了，《華視新聞雜誌》要做一集應景的主播拿手菜單元，希望我能提供兩道好菜。我結婚之後，唯一做過的除夕夜大餐是「水果拼盤」，除此之外，都是不堪回首的往事，我推拖了半天，最後仍然無法拒絕製作單位的熱誠，只好跟他們說，我沒什麼拿手菜，過去曾經被我父親唯一稱讚過的料理是「三色果凍」。

「那是什麼？」製作人問。

「就是三種顏色的果凍，紅色、橙色，紫色。分別是櫻桃口味、橘子口味和葡萄口味。」我回答。

製作人思考了半天，說，很好！很有畫面感。

結果，那一集節目播出，其它主播推出的拿手菜紛紛是「鮑翅烏參」、「瑤柱雞湯」、「冰糖燕窩」、「海味獅子頭」、「剁椒魚頭」、「八寶葫蘆鴨」這些需要花很多時間與精神製作的硬料裡，最離奇的是有人連包裹泥巴放進大烤爐裡烤熟的「叫化雞」都做得出來，令我真懷疑，到底是我不夠用心配合上電視？還是別的新聞主播除了新聞專業之外，更具備了真人不露相的廚藝。整個單元，一出現我的「三色果凍」之後，讓所有的人都嚇傻了。原本高興守在電視機旁，想要分享我輝煌戰果的父母親，看到那個單元之後，過了一個星期，我收到他們寄來公司的包裹，裡面有三本中國菜食譜。

我坦承不會做菜，更不會做假。要我為了配合電視效果，臨時抱佛腳去學一道精緻的功夫菜，對於當時採訪新聞又負責播報新聞的我來說，這樣的時間太奢侈。懷孕時我依舊從事新聞工作，事業達到巔峰，在二〇〇一年電視媒體群雄並起的年代，我負責的夜間新聞還能夠達到平均三以上的收視率，假日夜間更高，有時會衝到五點多。我始終認為這是肚中胎兒帶給我的好運。我在懷孕的過程裡，除了第十二週時因為驗血的數據不好，一度被判斷有極高的可能是唐氏症胎兒而有過一段低潮期，之後經過羊膜穿刺，證實基因正常，又恢復了歡顏。直到生產，我都是個快樂的孕婦，嬰兒出生後不哭不鬧只喜歡睜開眼睛觀察，吸吮母乳溫柔又甜蜜，跟他說話他就笑，我也是個快樂的產婦。

富足的快樂，讓我完全遺忘了自識字起便服膺的老子《道德經》五十八章：「禍兮福兮之所倚，福兮禍兮之所伏，孰知其極，其無正。」的道理。

我從小期待幸福，卻害怕快樂，每每在一次次生命的體驗中，感受到快樂的背後，往往隱藏著更大的痛苦。比方說一場開心的旅遊，眾人結伴郊外踏青，彷若蘭亭春聚，群賢畢至，遊目騁懷，一邊喝酒一邊高談闊論，好個魏晉風情。然而情隨事遷，當時光流逝，饗宴結束，那些曾經看到的聽到的享受到的，終究變為陳跡，所有的愉悅都會成為過往，所有的美好，也只停留在當下的恩愛。快樂是一時的，曲終人散之後，獨自承受的孤獨才是永久的，就像舞臺上燈光璀璨，演戲時，假裝有許多知心好友，家人團聚，劇組同心協力，贏得關注與掌聲。但是落幕之後，卸除粉妝，人群離散，面對的依舊是一個人的生活，獨處的淒涼。

在每一次的快樂發生時，我都會提醒自己「禍福相倚」，千萬不能以此自滿；但是在懷孕的過程中，因為腹中胎兒賦予我的勇氣，讓我完全忘記了，當我享受了太巨大的快樂時，一但不幸來臨，裡所當然也會承受相對巨大的哀愁。

這是我的人生觀，或者也是性格中最懦弱的部分，或者，也是一種失敗的暗示。果然，成為人母之後，命運出現了意想不到的轉彎，我往後的生活，加倍奉還了更多的不幸與哀愁，彷彿在那懷孕的四十二週，我擅自使用了命運信用卡，預支了所有的幸福快樂，現在，是連本帶息償還十八趴痛苦的時候了。

唯一感到安慰的，是兒子的生命力，他熱愛這個世界，他想要認真的活下去。童年時好幾次氣喘嚴重發作，不能呼吸，或是細菌感染發高燒全身痙攣，即使只有六歲的他，也會跟我說：「媽媽，我不要死。」

他常跟我說這個世界很好玩，很有趣。這些，也是我在懷孕時，常常向腹中胎兒說的話。那時候，我面對職場競爭，工作壓力，情緒也有繃緊到臨界點的時候，但是，因為肚子裡有個全新的小生命，他讓我感覺到這世間確實有純真的存在，有一種絕對的善，來自一個新生兒的啟蒙。我怎麼捨得玷汙這分純潔，怎麼捨得讓他承受來自成人世界的虛偽與汙濁，甚至，用懦弱與逃避背棄他的信任。我的責任，就是讓他感受到堅強，生理的堅強，與心理的堅強。我每天都會跟他說：「寶貝！這個世界雖然不如想像中的美好，但是，我們會一起努力，克服所有的困難與挫折，讓生活變得有意義。這樣，我們就可以安心的說，這一趟人世，沒有白白走過。讓我們兩個人一起努力好不好？」

我心裡很明白，四十二週之後，脱離母體的兒子，會按照自己的方式日漸成長，終有一天成為獨立思考的個體，他必須學會照顧自己的靈魂，在他還沒有這項能力之前，身為他的母親，只有一個信念，一定要比他更勇敢，更堅強。

我曾經在最憂鬱的時候，對兒子說：「安安，如果有一天，媽媽送你上學之後，就去到一個很遠很遠的地方，再也不能回來陪你走路上學，可以嗎？」

他抓住我的手，跟我說：「媽媽，妳看妳的手，妳看看妳的手。」

我問為什麼？

他說：「妳的生命線還很長，死神不會這麼快就來把妳帶走。」

那時候，他只有小學二年級，一個八歲的孩子。

無論他在我懷孕的時候，跟著我吃了什麼離奇料理，經歷了哪些匪夷所思的遭遇，至少，還能夠淬煉出這麼旺盛的生命力，大概也是從那些挫敗的廚藝中，學習到不輕言放棄的勵志精神吧！

月光果園

水果與我之間的奇妙故事彷彿天註定，從我很小的時候就開始。

童年的老家座落在城市邊陲，是地點偏僻的公務員眷舍，日式小洋房規劃了一塊花園空地，坪數比屋內空間還大。父親愛吃香椿，隨手種植了一根芽苗，不理它竟也漸漸長高，想吃香椿拌豆腐時，就教我去院子裡摘些葉子食用，我怕毛毛蟲，每每隨便拔幾片離我最近的香椿葉交差，父親看了總搖頭，說香椿要摘最前端的嫩葉！說完之後獨自起身再去一趟花園，摘取理想的葉片。

因為院子空曠，凡是吃過的水果種子，更是任意潑灑在園內，彷若貧賤的布施。夏日傍晚，一家人常常在園中小徑擺個板凳，乘著入夜的涼風，切水果分食。那時也不講究，西瓜都是連皮切大片，拿著就張開大嘴，往果肉上啃咬，吃到西瓜籽，頭一轉嘴一噘，順便將西瓜籽吐在院子裡的泥土地，吃相草根性十足。然而，這樣每天吐西瓜籽也沒有長出茂盛的西瓜田，倒是木瓜種子生命力強韌，扔了幾次密密麻麻，彷若重金屬汙染的黑色魚眼睛，沒多久，就瞧見小小木瓜樹掙脫土壤的束縛，冒出枝芽。木瓜樹寬邊多角的葉片很好辨識，與細細長長的莖幹搭配成不太協調的畫面，常讓我感覺像個營養不良的孤獨老人，兀自矗立，兀自老去。接二連三長高的木瓜樹，有些開花，有些結了木瓜果實，有些依然保持幼苗般清肅的模樣，這才知道，原來這群孤獨老人還有生殖能力，明明距離這麼遠，手都沒牽過，卻能交配出小孩，簡直比人類都高明。

僅次於木瓜容易繁衍的植物，就是香蕉。這種果實的崛起，讓我親眼見到猴子吃香蕉不剝皮的崽樣。

那時家中養了隻臺灣獼猴，據說是猴子媽媽落入陷阱昏死之際，獵人看到旁邊閃閃躲躲的小猴子，便一起抓來，精算著老的賣肉，小的賣身。父親聽聞這件事，心腸一軟，重金從獵人手中買下了這隻失怙幼猴，帶回臺北，在屋外牆壁上鑿了間依牆而建的猴舍，給小猴子居住。小猴子名喚「山兒」，取「山中來的小猴兒」之意，剛來時，毛茸茸的牠比我的頭顱還要小一半，像個長滿絨毛的弟弟。父親平常餵牠吃米飯糰和剩餘的水果，山兒也吃得歡喜，沒多久，父親移植了一株香蕉苗，我猜他老人家也許思量著花園這麼大，種棵香蕉樹豢養猴子經濟實惠，還能自己品嚐新鮮水果。

花園裡的土質是黑土，據說是營養成分最高的土壤，香蕉苗沒有多久就長成巨樹，並結實累累。第一次摘香蕉，父親借了長梯爬上去，我在旁邊繞來繞去歡呼，害他差點摔下來，那一年，他也快六十歲了吧！第二次摘香蕉，是我自己攀了梯子上去，香蕉沒摘成，貪心的我緊緊抓住香蕉串，怎麼拔扯也拔扯不下來，反而把梯子踢倒了，剩個小人兒懸在樹上，比猴子還滑稽。

一株香蕉樹結果之後，再也不會生第二次果實，卻巧妙地在周邊繼續繁衍香蕉苗，不到半年光景，又生成了巨株，再度提供飽滿成串的果實。老去的香蕉樹，葉片獨自凋零，在院子裡累疊成陰暗的堡壘，多汁黏膩彼此扶持，鞏固著無人聞問的疆域，特別是長寬都超過我身高體型的寬闊葉面，一片片零散遍落於地面，任憑風吹雨打，逝去了生命力也抹滅了最後的價值，成堆蓄積著凝重潮濕的哀愁，彷佛生不得其願，死不得其所，在城市之隅的小小花園土地，一小簇綠色香蕉樹對抗著龐大的灰色水泥建築，如此壯勇，如此沉默。

我愛在花園裡遊玩，看植物花草興衰與榮枯，看星星月亮交織斜陽殘照，看小猴兒爬上爬下躁鬱症發作。往往在制服上沾染黑泥汙土，洩漏了放學後的蹤跡，父親擔心腐霉的香蕉葉堆肥中藏蛇，在某個晴朗的週末，拿著開山刀把香蕉樹全

砍了。遺址仍然讓我們隨意扔吐果核，這次丟進龍眼的種子，一轉眼，小學制服才剛剛淘汰了小尺碼，在新制服上多繡一槓，增加了一個年級，窗外竟然又興起了大樹，這次，掛著串串活生生的褐色彈珠龍眼。

這株細細攀高的龍眼樹，葉片雜，不像木瓜樹整齊有條理，也不若香蕉葉巨大華麗，怎麼看都像個猥瑣的跟班，在牆角乞討著主人的關愛。要不是它長出了許多新鮮龍眼果實，被剛從南部搬來的鄰居小男生發現，恐怕這輩子都會受到我們的冷落。經過好鄰居的判斷，小男生說：「龍眼已經熟了，可以摘來吃。」

「我搬梯子給你。」我回答。

鄰居小男生低頭看看自己的體型，他說他沒辦法，樹太高，他太胖。

環顧四周所有的鄰居小朋友，好像只有我的身材最玲瓏，而且每次有人忘記帶鑰匙，都是由我負責爬籬笆圍牆或紅漆大門，從狹仄的孔縫中，或尖刺的籬笆頂端，輕巧地攀入院內，由裡往外打開門。

沿著長梯，我緩慢爬上高處，伸出手，緊抓樹幹，才發現龍眼樹上的螞蟻真多，愈靠近結果實處愈多，這一趟登梯，彷彿我探尋的目標不是龍眼，而是螞蟻王國。冗長蠕動的螞蟻在龍眼果實周圍團團緊簇，形成大軍姿態，剎那間我幾乎可以看到螞蟻雄兵利用我的長髮做橋梁，英勇的前哨部隊正步步侵襲我的身軀，更別提我那隻近距離接觸龍眼果實的赤裸手臂，正好形成交通轉運站，讓後方受驚的螞蟻軍團盲目地沿著手腕、手肘、至胳肢窩亂竄，我甚至已經感覺到牠們滲入了我的眼角、我的鼻孔、我的耳朵。但是為了完成攀爬龍眼樹的神聖使命，我還是奮力抓住一串果實，用力拉扯，同時也無法克制全身搔癢麻亂的恐懼，四肢顫抖亂竄，在極度的驚慌之下，掙扎的小腿踢到了長梯，這一次，龍眼果子可沒有香蕉那麼戀家，枝枒不夠緊實的龍眼串，就在我打死不放的手裡，和我一起摔落到距離地面兩公尺高度的泥巴堆中。

爸爸在洗碗槽勤奮刷洗著白制服的同時，旁邊餐桌上也擺好了洗乾淨的龍眼。他嘴裡叼著煙，含糊地問我：「這龍眼甜嗎？」我點點頭，回答：「只是肉太少。」他又問：「值得嗎？」我低下頭，不敢再說話。

才華洋溢的捷克作家卡雷爾．恰佩克除了是發明Robot（機器人）這個名詞的大作家，創作我非常喜愛的預言小說《山椒魚戰爭》，他同時也是個愛好園藝的人，對花園泥土與植物情有獨鍾。在《恰佩克的祕密花園》這本書裡，帶領讀者經歷四季更迭，萬物滋養，維有辛勤灌溉才有機會豐收；這不只是一本園藝指南，也是心靈良藥。俏皮的恰佩克曾經針對一些人指控他只會蒔花弄草，不懂真正的農作物耕種，幽默地提出辯解。他說：「有一陣子我也瘋狂地在好幾塊花床上種滿胡蘿蔔、包心菜、萵苣與花椰菜；我當時那樣做是有些浪漫主義在作祟，不過是為了滿足當農夫的幻想。但在收成的那段期間，我必須每天奮力嚼著數以百計的胡蘿蔔，因為家裡根本沒人願意吃它們；隔週後我又被淹沒在花椰菜裡，再來是洋菜花，最後是芹菜。曾經有好幾個星期，我得一天三餐都嚼著萵苣，不然就得將它們丟棄。我不是有意要破壞那些種菜夫的樂趣，但如果你得吃光它們，你真的會崩潰。如果我被強迫必須吃我種的玫瑰或是啃我的五月百合，我想，我一定會喪失對它們的那分尊敬。山羊一定更想當個園丁，園丁卻肯定不想成為山羊，因為他得嚼掉自己的花園。」

經歷了木瓜、香蕉與龍眼的農耕生活之後，我家花園暫時恢復了一片平靜。我們一家人，毋須再像恰佩克筆下的山羊，努力嚼掉自己的花園產物。十幾坪大的花園土地，蔓延著秧秧綠綠的酢醬草和鳳仙花，失去了魁梧的大樹，換得離離落落的荒蕪，彷彿像是經歷了一番《桃花扇》中的人生，跟著洞悉世事的老藝人蘇崑生哀嘆：「金陵玉樹鶯聲曉，秦淮水榭花開早，誰知道容易冰消！眼看他起朱樓，眼看他宴賓客，眼看他樓塌了。這青苔碧瓦堆，俺曾睡過風流覺，把五十年興亡看飽。」

短短幾年之間，果樹換了幾株，最終遺留著雜草最堅韌。月亮盈盈又復虧，我的童年，自母親離開家之後，都是下弦月的闇光。

直到煥然一新的楊桃樹來臨。

那是一盆為父親祝壽的「景觀楊桃樹」，說明白了是「景觀樹」，也就是用來「看」的不是用來「吃」的，送禮的人一片誠意，特別發揮想像力解釋楊桃可比壽桃，都是福如東海壽比南山的吉祥意思；而且，這景觀楊桃只會長多，不會長大，放在客廳裡，看著果實日漸繁盛，也頗有福澤綿長之意。

已經結實累累的小楊桃，體型可比櫻桃，只是顏色完全不同。也不知之前是灑了什麼肥料，迷你小楊桃翠翠綠綠佈滿整株漫茂的枝枒，果皮青澄澄泛著油光，形狀柔美婀娜，掛在樹上像是小星星，或者小鈴鐺，充滿著幸福的想像。若不是因為離聖誕節還遠呢！我真想把它當成聖誕樹來許願。

當時的公務員薪水微薄，常在買水果這件事上錙銖必較，除了曾經種過的香蕉、龍眼、和營養不良的木瓜，餐桌上出現的總是當季盛產甚至被挑剩的廉價水果。如今眼前看到活生生搖曳生姿，新鮮燦爛又飽滿的小楊桃，每天在客廳的角落裡邋呀邋地，有時真想一口咬下去，品嚐現摘鮮嚐的滋味。但迷你楊桃體型這麼小，怎麼看都像是個沒長大的嬰兒娃娃，這麼貿然的吃下去，總有種霸凌了童男處女的心虛。小楊桃有時藏在樹葉之間失去了光的照耀，竟透露著忽隱忽現的古銅綠色，狀似元寶，穿梭在幽微曲徑的枝幹間，還真有點像是銅銀古幣氧化之後，形成碳酸銅的藍綠外觀，激發出具有懷古之情的發財夢。

屋舍面積小，雖說客廳也擠進了三加二的木製沙發椅，但周圍堆滿了日常生活用品，更顯空間的狹仄，這盆象徵延年益壽的景觀楊桃，竟被茶几上擺佈的桌曆書包電話機衛生紙之類的雜物排擠，越來越靠近牆壁，顯得侷促哀憐；更離奇的是，即使它被擠壓到牆角，卻仍然獨自吸收天地精華，繁衍增生。當初說好不會長大的迷你景觀楊桃樹，竟然默默地長高長壯，從原來被一打衛生紙遮住，完全被人無視存在的壁雕，竟然逐步伸出了枝枒，超越了整捆衛生紙的高度，像是魔女美杜莎頭部甦醒的綠色蛇頸，搖搖擺擺高舉，修長的線條，還不忘攀著幾粒楊桃。原本金枝玉露般令人垂涎的袖珍楊桃，竟也越來越肥碩了，從當初櫻桃般嫵秀可愛的體型，頓時發育成雞蛋丁那麼大，若不是它星型的長條外觀，我真的會以為牆壁有魔法，可以讓楊桃經過咒語加持變成柳丁。

安靜在九十度角落裡生長的景觀楊桃樹，儼然長成了小少女的高度，眼看當初盛載它的仿青花陶瓷橢圓盤已承受不住，變成袖珍碟子，和楊桃樹之間形成了突兀的體積比例，彷彿綠巨人在半夜裡被仙女偷偷裹了小腳，倚牆而站，進退兩難，那畫面實在有點恐怖，又有點好笑。

還好我家有個大花園，既然楊桃樹長得那麼憋促，那麼，就整株移植到真正的土裡吧！也別在屋子裡彆扭著釋放芬多精，讓屬於大地的植物，回歸到大地。

沒想到這一轉念，讓當年嬌雅纖柔如櫻桃般的迷你景觀楊桃，得以獲得野性的召喚，在天地間無拘無束，自由奔放。不到半年的光景，它的果實不僅超越了雞蛋柳丁，甚至直追愛文芒果，最後，我們親眼目睹了楊桃冠軍王！它的體型可直追肥碩的文旦柚。

如果是童話故事，應該在這裡做個完美的結束：「從此以後我們天天吃著從樹上摘下的新鮮楊桃，過著幸福快樂的日子。」

然而，我們都知道，這樣一句幸福快樂卻是要多少的辛酸代價才能換得。

因為楊桃不甜，而且澀。

水果多少帶著一點酸味兒不要緊，但是那股澀味，留在牙縫與舌苔中像是剛剛拉肚子的螞蟻在上下齒顎舌間穿梭遊行，久久難以排解。我們想出了醃漬楊桃的做法，用大量的糖浸泡楊桃，一個月後發酵成為酒。原來方法不對，再試著用糖水熬煮出濃縮楊桃汁之後醃製，一個月後成功了，但是澀味依舊，這次在口腔中留下的味道，是用濃糖水洗澡的蜜蜂。這滋味不僅化作聲韻嗡嗡嗡響個不停，且仿製螫人的蜂刺轟炸我的腦腔。

袖珍可愛的迷你楊桃盆景，任憑自然移植土地裡生長，在花園裡逐漸茁壯為一棵大樹，夏夜裡，個子嬌幼的我，還能乘坐在楊桃樹蔭下的小板凳納涼，抬頭仰望，巨大的楊桃彷若一顆顆綠皮天燈。好心的鄰居提供祕方，將泡過酸菜的水拿來灌溉，據說可以轉澀為甜，如果生產數量夠多，甚至可以拿出去擺攤販售，和水果商一較高下。然而，在連續一個月都吃酸菜炒肉絲之後，酸菜水並沒有讓楊桃變性，反而結出更多的果實，數量多到我借樹蔭乘涼時，偶而會被掉落的楊桃砸得頭疼。

「昔我往矣，楊柳依依」。我幾度混淆了「楊桃樹」與「楊柳樹」，以為夜幕堆煙，繼續等待就能盼見柳絲飄迎，父親朗讀的詩詞會化作庭園中的風景，即便曉風殘月，那離別的人終究捨不得骨肉之情，再度回來團聚。也不知是父親自己起了傷感的念頭，還是我的楊桃楊柳分不清，誤了生物學知識，沒多久，他停止灌溉酸菜水，放任它自生自滅。景觀楊桃依舊，卻不再垂掛叮叮咚咚的許願鐘，斷了子嗣的楊桃樹，也如禪定般佇立在園內，讓風吹過。

花園果樹之中，最讓人難忘的是芒果。

一粒被啃得乾乾淨淨的土芒果核仁，埋在被遺忘的土壤裡，它漸漸成長，無人認識是什麼樣的樹種，默默在花園小徑邊，開枝散葉，茁壯為大樹，提供乘涼

的空間。直到民國六十五年八月，強烈颱風畢莉離開之後，硬朗的樹幹上意外結出一粒芒果，才察覺這是一棵芒果樹。眼看這粒芒果一天比一天成熟，溢出果皮的甜汁，已經開始吸引螞蟻進攻，我天天盯著這顆芒果，就怕它突然瓜熟蒂落，被小狗當皮球踢成爛果泥。

「媽媽會不會回來和我們一起吃芒果？」我天真地問父親。

母親在我兩歲時因故遠離，我們就是那個年代的單親家庭；每當學校音樂課唱到「世上只有媽媽好，有媽的孩子像個寶」，經常也是掩面偷哭的時候。

等待了一整個夏天，直到這粒充滿期待的芒果，在一個深夜自動掉落在地上，連狗兒都懶得理，我們才知道真正的結局。

「媽媽暫時還不會回來，她說外面還有很多事情沒做完。」爸爸在秋天開學前夕，一個連蟬都懶得鳴叫的午後，平靜地告訴我。

沒有多久，老土狗過世了，哀傷的我們親手把牠埋葬在芒果樹下，把這個夏天最難忘的回憶全部放在一起，也關閉了所有對幸福家庭的期待。

臺北的冬天不會下雪，我幻想滿頭白髮的聖誕老公公，在輕柔的雪花中，駕駛著麋鹿車隊挨家挨戶送禮物，我們不奢求玩具糖果，只希望媽媽快點把外面的事情辦完，回來與我們一家人團聚。

於是我把花園裡一株長不高的瘦弱松樹，修剪成聖誕樹的銳角三角形，旁邊鋪滿了白色衛生紙，再把撕碎的衛生紙撒在樹上，假裝是白雪中的聖誕樹，這樣聖誕老公公即使遠在天邊，也比較容易瞧見這分誠意，讓我的願望有機會成真。

然而，這個願望還不到當天晚上就滅絕了。

「以後不准亂剪樹，也不准浪費衛生紙。」父親嚴聲教訓。

從聖誕節熱燒到農曆新年的期待，因為媽媽始終沒有出現而降溫。少了母親的童年，比寒冷的冬天更蕭瑟。

當整個城市還瀰漫著團圓過年的歡慶，獨居在臺北的家人，只有花園裡豢養的猴子「山兒」與一隻剛剛撿到的小流浪狗陪伴度日。入夜之後，父親外出兼差賺錢，我總是在窗邊，抬頭看天空，一輪皎潔的明月，滑進了窗裡的世界，溫柔無語，是不說話的知心好友。

「月亮會不會比聖誕老公公更厲害？如果對他許願，也許媽媽很快就會回來！」有時候我會這樣想，在月光的籠罩下，感覺到一分莫名的溫暖。半夜裡為了感應月光的強度，偶而溜出房間，整個人直接暴露在月光下，跪在花園小徑，雙手合十，對月亮祈禱。月亮會比聖誕老公公更真實嗎？我對自己用來安慰自己的謊言感到心虛，也憐憫著這樣的處境，孤獨沒有良藥醫，是懸浮的心病。

夏季來臨，我們依舊在花園裡跳方塊、踢毽子、利用澆花的水管打水仗；那天和小狗玩得濕淋淋，突然聽見開門的聲音，接著是扣扣扣地高跟鞋聲，眼前出現了一個漂亮年輕，卻穿著華麗的女人。

「這在幹什麼？會感冒……」她皺著眉頭說。

「媽媽回來囉！」我立刻丟下水管，朝媽媽衝了過去，緊緊抱著她的小腿。濕冷的衣裳與她流著汗的小腿黏著在一起，剎那間有點陌生，已經成為名詞的媽媽，如今又變成了動詞，活生生出現在眼前，我想到了那天夜裡在月光下的許願，沒想到我無心虛擬的謊言，竟然會成真。媽媽就這樣回來了，好像一部沒有預告也沒有廣告的電影，直接在我們的生活中上映。

她卸下濃妝，脫下高跟鞋，每天在家裡煮飯洗衣服，還花錢更換了一些新家具，讓這個家看起來比從前乾淨許多。那是我們最快樂的一個夏天，巧合的是，院子裡的芒果樹，在七月初就結實累累，媽媽看了很高興，沒想到臺北的花園也能擁有如此營養的綠地。

只是我們沒人敢告訴她，那是因為去年死掉的小狗埋在樹下面，也許是小狗顯靈，也許是屍體灌溉的養分，總之，這棵芒果樹，確實奇蹟似的長出上百顆肥滿圓潤的大芒果。

又是一個月光遍照的夜晚，媽媽端出桌子椅子，說要到花園賞月，連同平常很少說話的老爸爸，我們一家人，圍坐在芒果樹下，伴著微弱的月光，靜靜分享著現採現吃的芒果。

年紀相差二十多歲的爸爸和媽媽很少說話，我們也不明白大人之間究竟是發生了什麼事，必須讓媽媽遠離我們這麼多年；幼小的心靈只有唯一的期望，就是像今晚這樣全家人團聚的片刻，能夠日復一日，永遠永遠，在我們的現實生活中出現！

這年豐收的芒果樹，成為全家人共同的歡樂記憶；但是所有的故事也像月亮有圓有虧，民國六十六年七月底來襲的強烈颱風薇拉，造成嚴重損失，臺北市的路樹倒了一半，其中，也包括我家那棵芒果樹。

爸爸安慰我們，明年再種棵芒果樹，一定會比原來這棵更豐收。妳看，那棵景觀楊桃，本來是種在花盆裡的，現在種到土裡頭，不也長成了一棵大樹？

每次回憶這段過往，心頭總跟著浮起酸酸甜甜的滋味，特別是在月光遍照的天空下，我凝望天空，微笑不語。

淡蛋人生

兒子自從小學畢業旅行回來之後，一直惦念著要炒蛋給我吃。

我望著他幾乎跟我一般高的身材，小臉蛋上充滿著稚氣青澀的表情，眼神晶瑩卻巧目轉兮，微微揚起的嘴角像個準備搗蛋的小精靈，如此這般突然間慈悲心大起，要炒蛋給媽媽吃，令我好感動，也狐疑著他的動機。我好奇地問他為什麼？而他幾度欲言又止。

進入前青春期的小孩，總帶點漂亮流浪貓的性格，明明看起來乾乾淨淨，可愛又容易親近，卻總在伸手想要撫摸他的時候，孤傲地閃避。

「是不是在畢業旅行的時候，炒了一個失敗的蛋？」我故意逗他。

「也不算是失敗，嗯……我的蛋只是飛出去了。」他有點慚愧地回答我。

原來畢旅的行程中有一晚安排學生們自行野炊，每個人分配了一顆蛋，要自己練習炒熟。這孩子從來沒進過廚房，更別提親自動手炒蛋，當他開始展現功夫時，竟然玩心大起發揮想像力，使用筷子作為烹飪工具，就在一夾一翻一搓弄之間，幾乎半熟的蛋，在半凝半稠半長大的狀態之下，如魂附體飛出鍋外，讓他失去了人生第一次品嚐自己手藝的機會。

「哦！每個人都炒蛋成功了嗎？」我更好奇地問。

他點點頭，承認那次野炊只有他的蛋飛走了。人人皆有炒蛋，獨我憑鍋哀悼的淒涼景況，讓同學不忍，最終向老師多討了一顆蛋，親自幫他炒熟，才讓兒子那頓晚餐有蛋可吃。

從哪裡跌倒，就從哪裡站起來，一向是我們母子倆的座右銘。於是，我們一同站在瓦斯爐前，爐火還沒點燃，也沒有穿著迷彩服，卻有著共赴沙場的氣勢，溫馨的氛圍裡帶著點肅殺的決心。

我自忖廚藝不精但愛意濃烈，打從兒子出生之後，天真地希望孩子的童年能夠處處充滿「媽媽的味道」，這樣的夢想讓從來只會讀唐詩的我，真正走進了詩中「洗手作羹湯」的境界。做菜需要天賦，就像人情世故，總是有人擅長觀察別人的眼色，聰明伶俐兼舉一反三，令人疼惜到心底；也總是有人吃力不討好，白目兼笨手笨腳，最終博得熱臉蛋貼冷屁股的美名。我就像後者；成為母親之後非

常認真努力地在家親手料理三餐，歷經十二年的磨練，卻依然只會做那幾道家常菜，原地踏步的奮鬥沒有阻撓我的決心，我想，如果料理是戰場，在軍營中摸索多年的我，也許還停留在二等兵的階段，但是我征戰廚藝界雖敗猶榮的光環，讓我在廚房裡，能夠勇敢地抬頭挺胸，帶著十二歲的入伍生，準備傳授炒蛋的廚藝。

「要吃炒蔥花蛋？荷包蛋？還是單純的炒蛋？如果是西式的炒蛋，叫做 Scrambled eggs，要加一點水、鮮奶油、糖來調味，才能炒得蓬鬆，做好之後呈現美麗的金黃色，而且柔潤可口。」我像背書似的流暢敍述。

他用迷惑不解的眼神凝望著我，可能是因為在我們共同相處的時光中，廚房從來沒有送出一道叫做 Scrambled eggs 的料理，餐桌上也從來沒有出現過，如以上所描述的亮晶晶呈現金黃色而且蓬鬆又柔潤可口的西式炒蛋。說話的這位慈母，其實並沒有真正做過 Scrambled eggs，只能夠侃侃從容地說出一道食譜的內容。

就是簡單的炒蛋。兒子說，以他十二歲年紀的堅定與毅力。

我幫他加熱平底鍋與葡萄籽油，交給他一把鍋鏟，讓他探索廚房的奧祕。從來沒進過廚房也沒看過電視美食節目的兒子，第一次敲開蛋殼，手指頭僵硬地像個機械爪子，好像蛋殼裡會彈出小雞而謹慎不已。連續在鍋中放入兩個蛋，其中一個蛋黃破碎了，頗有出師未捷身先死的悲壯。初次下廚的孩子以為交出了不好看的成績單。我跟他說，蛋黃破了最好，這樣更容易熟，不用等太久。

童年記憶裡，我在瓦斯爐旁學到的第一道菜正是煎荷包蛋，後來才聽聞，許多在六〇年代出生的小女孩，不知道為什麼學到的第一項烹飪手藝都是荷包蛋，彷彿共同經歷一段歷史的印記，在那個股市還沒有上萬點，公務員薪水一個月只有四百五十元的歲月中，荷包蛋似乎是最親民又最營養的家庭料理。

那是鄰家大姊姊傳授給我的心法，而如今，我將這項家庭廚房中最基礎的愛心料理，傳承給我唯一的兒子。

文火慢烹，幸好沒有任何熱油外爆的現象。記得我第一次學做荷包蛋，還沒把蛋煎熟，臉上就多了幾個水泡，那是因為打蛋時不慎同時滴落手上沾染的水珠，因為油水不容的特性而引爆噴發，如彗星撞地球般外射出許多攝氏一百度的熱油水滴，閃避不及的我，像是瞬間得了天花，傷痕有大有小，散布在我拿鍋鏟當盾牌的右半身。荷包蛋的滋味如今全然忘卻，只記得眼角下方燙出了個紅豆般的痘疤，像個愛哭痣黏附在少女的臉龐一整個夏天。

所幸兒子初征廚房技藝，比我成功，兩顆蛋挨在平底鍋中，微微鼓譟著即將成熟的命運，蛋的一生，外剛內柔，何其堅韌且短暫，由清透而凝固，終究殞落至人類的肚皮，沒有人在乎下蛋的母雞開心不開心。

最終出現在白瓷盤中的兩顆荷包蛋，彷若雪山在日出時映照的潑墨畫，金黃色流竄出幾條放射線的蛋黃，被白雪皚皚的圓周籠罩，似炒蛋又似荷包蛋的焦灼紋理中，流竄著千年埋土藏石的冰川，是唯一的深色系，如墨漆亦如楓糖，燒焦的邊緣也有層次，好像說故事，不知道該由簡單或是繁複說起。

我對於所有熟了以後會變成白顏色的食材，都存在著敬畏之心，例如雞蛋白、鱈魚、白米飯。這些好端端的食物，經過我的巧手進入鍋中加熱之後，都會略略沾染上一層焦糖色。不知道為什麼即使開得再小的瓦斯爐火，荷包蛋都會在它的邊緣，用一層日蝕般的光暈迎接我；而鱈魚則是在翻面的時候，赫然發現一片只有在鍋貼或鍋巴上才會出現的焦褐脆皮；炒飯更奇妙，無論挑戰大火或文火，無論加蛋或不加蛋，最終都會在某些飯粒上沾黏一些黑色物質，類似川菜蒼蠅頭。若是自我感覺良好些，就想像這些點狀分配的焦褐物，是經過攪拌混淆在白米中，參差不齊的顏色交換，如白條逐浪，如漸層沙畫，如朦朧粉彩，它最終若是以色論名，似乎叫做焦糖炒飯也當之無愧。

蛋是一種可以用來投射文化人類學情感以及哲學研究的食物，比方說先有蛋，還是先有雞。公元前八百年，古印度用來親近大師智慧的《歌者奧義書》

（*handogya Upanishad*）便記載：「原初這個世界並不存在，漸漸形成並發展，轉變為一個蛋。產卵的過程花了好長一段時間，最後分裂為兩半，一半是銀，另一半是金。銀就是地球，金就是天空。」

可見得從很久很久以前，蛋的文化裡都存在著一種破殼而出的重生感！我想，也許這是為什麼我停筆十五年之後重新創作的第一個長篇小說，會讓出版社美編執意在封面上使用鳥巢與三顆蛋作為象徵的意涵。

一九九六年美國國家圖書獎得獎人海頓卡魯斯（Hayden Carruth），得獎的詩集名稱就叫做《炒蛋與威士忌》（*Scrambled Eggs and Whiskey*）。

炒蛋與威士忌
在人造曙光中的，芝加哥
甜蜜小鎮，嚴寒，天知道
確實甜蜜。有時，以及
我們今晚不好嗎？

卡魯斯是二十世紀知名的現代主義詩人，他認為自己的詩作，是存在於對自然美景的愛與荒謬無意義的恐懼之間的拉扯。得到國家圖書獎的詩集代表作，使用美國家庭最尋常的炒蛋，與充滿爵士情調的芝加哥作為對比，鋪展出友誼與愛、政治與懷舊、音樂與食物的多樣情境，文字直白意象深遠，在生活中取材，也在生活中超越形式與界限。

寫炒蛋可以寫到流芳千古，可見蛋已經不只是一種食物，它是文明。

一九八〇年在大陸山西省引起討論的「山藥蛋」文學流派，光看這名字就覺得非常具有草根性，果然是鎖定了土裡生土裡長的庶民情感，在當地形成一時的文藝思潮，引起文青共鳴。

看到大文豪們對於蛋蛋有這麼多激盪與省思，我倒是想起自己在二〇〇〇年出版的《作家的衣櫥》合輯中，寫過一篇文章〈恐龍蛋〉。當時文中敘述：「成為上班族之後最痛苦的一件事，就是每天都要穿衣服出門。每天都要盤算第二天出門的模樣，挑戰天秤座的終極創意！於是我開始想像，什麼時候人們可以穿著像個『蛋』的形狀去上班。只要披上一條布，把自己包起來，圓圓地。也許一切人與人之間殘酷的鬥爭也會因為服裝而改變，多一點圓滑、圓融、圓通、圓潤。」

蛋與我在文字上的交集只有這個懶人穿衣的最爛藉口；在生活上的交集則是一場由簡入奢，再由奢入簡的演化過程。

雞蛋作為一種最簡易取得的營養來源，年譜已不可考。我記得十多年前第一次回河南省老家探親，終於見著了失散多年的姊姊，她年紀大我二十多歲，才剛學會走路，就經歷了一九四九，與父親被迫分離。她在河南老家讓爺爺奶奶撫養到十二歲，祖父母過世之後，只有四叔四嬸好心收容照顧，直到十八歲嫁人。她一生無父無母，卻對我這麼從來沒見過面的妹妹，特別關愛，自從兩岸開放通信之後，她常常託姊夫寫信來，每一次都為她沒有盡到姊姊的責任而道歉，每一次都希望我代為照顧父親，每一次都祝福我身體健康。

直到她五十多歲，我們姊妹倆才第一次親眼面對面相見。兩個中年女子先是傻笑，之後就開始掉眼淚。

隔天清晨起床，姊姊已經準備好早餐，是一碗剛煮好的蛋湯，叮囑我趕緊趁熱吃。我低頭一看，湯碗中，清清澈澈上下左右擁擠參差著六顆蛋，水滾之後放入，沒有打成蛋花，每一顆蛋黃皆圓滿完好如初，映襯著漂浮的蛋白，像是被后羿一箭射下的六個太陽，在邊緣有著裂痕的陶製湯碗中，金黃閃爍。我的胸中翻湧出沉重的暖意。蒸氣薰著了眼睛，朦朧中接過這碗當地人最豐盛的早餐，我明白，我吞進腸胃裡的，不是那擔心膽固醇過高的蛋湯，而是我這一輩子，都還不起的姊姊真心關愛與親情。

對於雞蛋的特殊情感，也在父親的廚藝中體現。他總是擔心發育中的少女不夠健壯，竟然想出一個結合了鐵質與蛋白質的私房好菜「菠菜炒蛋」，一次讓我充分補充雙料營養。

蛋是一種非常溫和的食物，溫和到像個沒有特色的伴娘，在任何人的婚禮中都能夠扮演最稱職的角色，永遠不會奪走第一女主角的風采。只是菠菜就沒有這麼好搞，我總覺得它帶著一股濃重的鐵鏽味，或者土味，在我自己的做菜經驗中，必須使用流動的水漂洗至少一個小時，才能消除菠菜的怪味。但是兼顧工作與家庭的單親爸爸，當然沒有這麼多閒工夫清洗菠菜，幼時的我從來沒有進過廚房，生活就是讀書遊樂與等待父親做飯吃晚餐。每當日落時分，父親下班回到家，總能在有限的時間裡，準備好熱騰騰菜餚上桌，經常，會出現菠菜炒蛋。

於是菠菜炒蛋配飯、菠菜炒蛋拌麵、菠菜炒蛋夾饅頭、菠菜炒蛋帶便當。童年中有一大半的黃金歲月，都與菠菜炒蛋相伴，我的少女時光彷彿就在這青翠的綠波廊中嬉戲金烏蜜流雲中渡過。然而，經過人體試驗證實，鐵質與蛋白質的雙料營養，並沒有讓我成長得更加高挑健美，反而讓我的味覺，對菠菜炒蛋產生了強烈的暈眩感。離家之後，曾經在一個偶然的機會再度品嚐菠菜炒蛋，當那種鐵與蛋糾纏的滋味轟然襲入我口腔，五官瞬間鎖住，眼耳鼻舌身意皆卡在進退不得的時光隧道中，在某種作嘔又狎暱的記憶裡，重疊著疲憊的味覺與超過負荷的親情。

這兩種食物分開來對待，都是完美絕佳的食材，一個是卡通人物大力水手卜派的最愛，植物界的黃金能量；一個是民間傳說狐狸精的最愛，也是鳥類、爬蟲類、兩棲動物的後代。狐狸愛雞蛋愛到什麼程度呢？二〇一四年三月二十四日在英國的朴資茅斯（Portsmouth）飛牛小學，師生們親眼看見一隻以為自己是母雞的狐狸，在農舍裡孵臥著一團雞蛋，雖然英國防止虐待動物協會提醒，狐狸是肉食性動物，但是完好無缺的雞蛋與毛茸茸的狐狸還是組成了禽畜共榮的畫面，增添一段校園溫馨小故事。

蛋作為國民營養基礎食品，在我成長的年代已經容易取得，家裡的冰箱幾乎天天都見得到生雞蛋。父親個性質樸，關於雞蛋的料理只有原型與變型：「滷蛋」與「菠菜炒蛋」，沒有其它形狀。我第一次吃茶葉蛋，是同學家長輩手作，特別帶來學校與同學分享，一顆顆表層龜裂的茶葉蛋，需要自己動手剝殼，脫掉醜陋衣裳的蛋，在柔嫩光滑的蛋白表面上頓時出現限制級電影的馬賽克圖案，彷彿遮遮掩掩了蛋的渾圓性感，若隱若現蛋的風華嫵媚，更加挑起了食慾，狠狠咬上一口，啊！微醺微甘微陶醉，竟像是品啜一口窖藏陳紹般香濃。世界上怎麼會有長得這麼醜又這麼迷人的蛋呀！我央求同學再多給我一顆，她說已經算好人數，限量食用，下次還有沒有得吃？要看她媽媽的心情。

「不過！」她說：「我媽說做法很簡單，就是把茶葉加蛋一起煮熟。」

這麼簡單嗎？肯定難不倒國中資優生。趁週六假日，把父親珍藏的高山烏龍茶隨意抓取一大把，灌入煮飯內鍋，加入生雞蛋之後放進電鍋煮，第一次電鍋跳起，茶葉是茶葉，蛋是蛋，潔白的橢圓體浸泡在伸展葉蔓的茶水中，像是夕陽下山後，岩澗裡青苔沖刷鵝卵石，越洗越清明。我又按了一次電鍋，跳起，再按一次，再跳起。為了讓十幾顆雞蛋呈現出茶葉蛋該有的深褐色，我與電鍋奮戰到週日，滷泡一天一夜，蛋殼還是淺淺的黃，如風塵沙漠歸來的處子，只蒙上淺色面紗。

「孩子！做茶葉蛋要加滷包，妳的作品只是用茶煮熟蛋。」父親說。

接下來的一週，我的命運是每天早餐必須吃掉二顆自製茶葉水煮蛋。

蛋在我的生命中，一如它自己的生命，渺小、無味、又難搞。

我想吃「茶碗蒸」，水與蛋的比例總是調和失措，每次掀開電鍋都是驚奇，要不然表皮僵硬如沙灘上滿佈螃蟹窩，到處都是洞；要不然水太多無法凝固，意外形成高濃度的精裝蛋花湯。「三色蛋」，美麗如阿嬤的彩花拼布，忍不住向神廚藝術品作揖致敬，然而經過我的手，總能召喚出雞蛋皮蛋鹹蛋的前世今生魂附體，雞與鴨打架，皮蛋染黑了雞蛋的細緻，雞蛋分解了鹹蛋的綿密，鹹蛋干擾了皮蛋的口感，三蛋你儂我儂之後，做出一座堅硬的千年金字塔，外觀斑斑駁駁，惦起來重量十足，吵架時拿來砸對方應該還可以打歪眼鏡框。

小時候我最討厭吃水煮蛋，單調的顏色讓我聯想起醫院裡的白磁磚和白布幔，帶著蒼白的病容。再加上父親特別注重衛生，總是將雞蛋烹煮熟透到沒有一絲一毫柔軟的餘地，彷彿所謂的天長地久也就是這樣滾滾紅塵，要在沸水中經得起考驗，最終淬煉出堅毅不屈的體型。

在擔任空服員的職業生涯裡，設定工作目標是早日存到出國念書的基金，實現留學的夢想。因此生活中盡量省吃儉用，只要在國外停留多天，必定攜帶三洋鍋，一種容量一．三公升，重量八百八十克的旅行專用小電鍋，適用於各國電壓，可以炊飯、滷肉、煮麵。我經常帶一小包米，幾個醬瓜麵筋罐頭，工作結束後就躲在旅館房間，體力充沛時會到附近散步欣賞異國美景，累了就在房間看書準備繼續深造，飢餓時煮上一鍋白米飯，大多數時間都因為水分拿捏不當而熬成稀飯，搭配素食罐頭，懷念家鄉。如果有醬油和大蒜，三洋鍋也可以滷雞腿或滷蛋，聽說還有組員在房間裡，利用三洋鍋煎牛小排，實在廚藝高超；而我，最高境界只能用來煲雞湯。然而在旅館房間烹飪總是有點良心不安，時時神經質地檢查電源和桌面地毯，深怕一個不小心就燒掉整間飯店。最後這雞肉究竟是煮熟還是泡熟我也不記得了，倒是經常在超市買了一盒的蛋，返臺之前來不及吃完，於是將剩下的蛋全部滾水煮熟，帶上飛機在漫長的歸國旅程中與同事們分享。

這也是我越來越排斥水煮蛋的原因之一，在我青春豐華的飛揚歲月裡，因為自己性格上的執拗，自願放棄了異國美食、異國風光、異國情調的體驗，在每一次看似華麗的飛行旅途中，用濃妝遮掩了經濟上的困蹇，驕傲地拒絕米其林、香奈兒、甚至普吉島的海鮮店；只有在卸妝之後，才明白自己就像一顆水煮蛋，孤獨地對抗浮沉人生的誘惑，易碎又難討好，且充滿蒼白與病容。

所有關於蛋的奇蹟中，最讓人驚艷的莫過於法國皮爾杜康醫生（Pierre Dukan）的吃到飽蛋白質減肥法。求知若渴又愛減肥的我，自然不會放過這項妙法，認真讀完這本書，只歸納出一個心得，像我這樣的胖子，皮肉已經撐開了，如果瘦得太快，會造成肌肉鬆弛，皺紋滿布，因此，在減肥期間需要隨時補充蛋白質，讓皮膚維持彈性。飢餓時，吞進一顆蛋，會是個很不錯的選擇。

因為有神醫加持，我恢復了餐餐吃蛋的習慣，滿心期待婀娜曼妙的成功減肥術，沒想到，這幾年杜康醫生因違反醫學道德，被法國醫學協會起訴，已經暫停了營養師的執業資格。至於蛋白質減肥法還有沒有信徒？我也就沒再繼續考證。倒是朋友聽說我每天都會吃蛋，好心提醒我：「不要吃太多蛋，我姪女因為家裡吃素，父母親擔心她營養不足，每天補充一顆蛋，結果九歲就來月經。」

想到自己九歲的時候，還在爬樹玩泥巴追小狗，沒想到現在的女生進化這麼快。這樣的說法激起我的好奇心，我不太相信光靠吃蛋可以九歲催來月經，按照這樣的邏輯，我繼續吃蛋下去也能夠延緩更年期嗎？後來有機會與各地的蛋農聊天，他們異口同聲表示，不可能因為吃蛋就催經，應該是吃太多速食店的炸雞肉。因為蛋雞只要生殖系統成熟，配合適度的日照與營養，未授精都會每天下蛋，又何需另外補充荷爾蒙？蛋農比較擔心的是疾病與汙染，嚴重影響產能，反而對於蛋雞的健康照顧分外用心，哪有時間管理她們的情慾？

朋友聽我解釋之後，也承認，姪女每個星期都會到速食店報到，從各式炸雞中攝取動物性蛋白質。究竟這是不是造成女孩早熟的原因，隨著女孩翩翩長大，漸漸沒人在意她有哪些第一次；而我則是受到了法國醫生的蠱惑，減肥期間還是念念不忘吃蛋，偶而搭配起士與紅酒，幻想著這種吃法，也會讓我與法國美女的形象愈來愈靠近。

法國名廚 Alain Passard（註[1]），在他經營的法國餐廳 L'Arpége（註[2]），多

年來有一道非常受歡迎的餐前小點 L'Arpége egg。這是一道削去蛋殼頂部，除掉蛋白，將蛋黃以溫水浸泡成類似卡士達醬的半生熟狀態，灑上蝦夷蔥、丁香、肉荳蔻、白胡椒粉、薑。在頂層抹上芳香開胃的鮮奶油，調入櫻桃醋、鹽之花（Fleur de sel 法國頂級海鹽）、楓糖漿。吃的時候用湯匙深入底部，一次挖起所有的配方送進口中，百吃不膩。（註3）

幾乎全世界的人都吃雞蛋，對於鴨蛋則有不同的見解，一般來說，歐美地區不太吃鴨蛋。然而中國人幾百年前就將鴨蛋醃製以便保存，提供累年不壞的長期營養。這種以醃漬方法讓蛋長生不老的模式，在東方我們稱之為「鹹鴨蛋」與「皮蛋」；在西方則以英國傳統的 Pickled egg 最知名，通常在酒吧或 Fish and chips 專賣店提供。然而英國人使用的食材還是雞蛋，浸泡在醋、鹽、糖裡，如果加點甜菜根就會染成紫紅色，光澤艷麗，通常醃製一到三週就可以食用，經過醋的滲

註1｜Alain Passard 是法國名廚，十五歲開始學習廚藝。1986 年在巴黎創立 L'Arpége 餐廳。美國連續六年獲得米其林星級的餐廳主廚 David Kinch 在其著作的新書 *Manresa* 裡特別推崇 Alain Passard 讓蔬食烹調的演化達到最高境界：「遠在廚師這一行成為時尚之前，他早已認清土地與廚師之間重要的連結關係，Alain Passard 的遠見，無疑被公認為世界上最好的廚師。」

註2｜英國《餐廳》雜誌自 2002 年開始選出全球五十大餐廳，L'Arpége 在 2013 年排名 16，2014 年排名 25。Alain Passard 被該雜誌譽為當代傳奇，法國最偉大和最具影響力的廚師之一。L'Arpége 近幾年推廣蔬食，是" farm-to-table" 飲食運動的支持者。2014 年 5 月《紐約時報》以「繆思與神諭的花園」讚譽該餐廳。

註3｜*Modernist Cuisine, Volume 5:Plated-Dish recipes.* LLC 2011

透溶解，連蛋殼都可以吃呢！這種醃蛋方式，室溫保存超過一年都不會壞，與中國的鹹蛋、皮蛋有異曲同工之妙。

華人使用鴨蛋醃製的皮蛋，在西方素有「千歲蛋」（Thousand-year-old egg）或「世紀之蛋」（Century egg）名號，相傳製程超過五百年歷史，也是農業社會時期，用來長期儲備，隨時提供能量的食物補給。美國食品營養學專家 Harold McGee 在《論食品與烹飪：廚房裡的科學與傳說》（*On Food and Cooking: The Science and Lore of The Kitchen*）一書中，曾經提到中國的皮蛋與鹹蛋是一種「保存食物營養價值，卻徹底改變了食物的味道、濃度以及外觀。這種魔法在西方，只有像『起士』這種從牛奶變型為完全不同的食物可堪比擬。」

西方人可以開心的吃著發霉的起士，卻對皮蛋有點感冒。二〇一一年美國有線電視新聞網 CNN 報導了全球十大噁心食物之首「皮蛋」，立刻引起全球華人圍剿，負責執筆的公民記者，隨即遭受到來世界各地無邊無際的責罵以及恐嚇，稍後在二〇一一年七月六日，由 CNNGo 主編 Andrew Demaria 於官網上刊載了道歉啟事，才平息眾怒。

別看一顆蛋光滑圓潤很可愛，萬一不小心惹毛了它，全世界的人都能夠演出愛之欲其生、惡之欲其死的肥皂劇。

我居住的山間裡，有一群熱愛烘焙的媽媽們，她們玩蛋的藝術幾近登峰造極。由於經常在家中手作蛋糕麵包，用蛋量極大，時時刻刻與蛋為伍，舉凡蛋殼厚薄、蛋白濃稠度、蛋黃密度與色澤、蛋白與蛋黃是否容易分離、甚至蛋的美味與口感，皆有品鑑。用心經營「媽媽的味道」可不容易，需要兼顧健康與美味，於是嘗試了各種品牌、種類、機能的雞蛋，尤以原味水煮最能凸顯蛋的飽和與純粹，經過長期市調，最後一致決定，只有某個農場培育的品種是體現母愛的最優選擇，每每團購一箱箱往山間住屋運送。愛蛋的我也跟過團購，一箱大約二十八至三十粒，我一天吃兩顆蛋也要兩週的時間才吃得完，但是經常不到一個星期，媽媽們又在揪團買蛋了，由衷羨慕山區媽媽們做菜的勤勞與烘焙的手藝，更佩服母愛的偉大。

一顆蛋，僅憑清水煮熟便分出高下優劣，讓一群家庭主婦在圓周直徑不超過五公分的雞蛋世界理，點評出風雅的美食小宇宙，分享關於卵，關於生活的美好。這讓我想起日本美女作家川上未映子得到芥川龍之介文學獎的小說作品《乳與卵》，女主角處理大量過期的雞蛋時，總會猶豫著該一個個打碎丟掉，或整顆完整地放進垃圾袋裡？

居住在山上，很少有這樣的疑惑，來不及吃完而過期的蛋，還有泥土準備接納，化作春泥更護花的不只是落紅，卵的一生自始自終都在滋養著萬物。蛋若有知，應該也會滿足於飽食人類胃腸之外的第二種生命選擇，是美食或是肥料，都有貢獻。

曾經我對水煮蛋不屑一顧，認為那是飢餓時最不得已的選擇。我愛吃各種料理的蛋，最好有顏色有香味還有很多除了菠菜以外的搭配，例如滷蛋、溏心蛋、魚香烘蛋、蝦仁滑蛋、或西式的Omelet與Scrambled egg。僅僅是用水煮熟的雞蛋，太瞧不起人類的想像力，平凡的過程像是命運還沒有開始就先低了頭，涉險江湖三分鐘即全身而退，絲毫不染色，不混濁，清清淡淡過一生。

年紀漸長，竟然對過去最排斥的水煮蛋愈來愈痴迷，看似單調平滑的外表，又無稜無角缺乏個性，由生澀到熟稔，卻是經歷了一場滔滔，在煮沸翻騰的過程中，還得挺得住才不至於蛋殼碎裂，屍身無存。水煮蛋是經過風浪之後的韜光養晦，在淡泊之中體現真情，在無味之中品嚐滋味，是我四十歲以後的淡蛋人生。

早餐溫度

兒子出生之後，我最堅持的一件生活常規就是在家吃早餐，為了這項偉大的教養工程，我徹底改變夜貓子的惡習。

早餐為何如此重要？我是從自己的不良青春期中得到警惕，深知不吃早餐的結果，斲喪了胃器官的正常運作，讓體質變得孱弱，還會附贈營養不良的黑眼圈。更令人傷感的，是辜負了那個辛苦工作養家，還要處處擔心孩子有沒有吃飽穿暖，在每一個細節用心呵護，每天晨起準備早餐給孩子食用，自己卻粗茶淡飯，從不抱怨的一家之長。

父親永遠比我早起床，永遠都會在餐桌上準備好屬於我的早餐：週一到週六，一杯牛奶加兩片抹上果醬或花生醬的吐司麵包；週日換成燒餅油條，從幼稚園吃到長大。

很奇怪父親似乎有一種魔法，總是能預測我起床的時間，讓我剛剛好喝到溫熱的牛奶。馬克杯裡還原沖泡的奶粉，在杯緣浮貼起一層白泡沫，有時天氣冷，蛋白質與脂肪凝固後，形成薄薄一片奶皮，趕著上學的我總是喝得急，經常在上唇沾黏了白色奶泡，有時候半張透光的奶皮就掛在嘴角，自己卻沒有感覺，總是在戴上學生帽整裝出發時，被父親叫住，緩步拿著濕毛巾走向揹著書包的我，輕輕擦拭我的臉龐，說：「出門前還是要確實整理儀容。」

簡單的童年生活裡，以為馬克杯裡的溫牛乳就是早餐的代名詞、同義字，只是每天一杯濃醇香的牛乳，同樣的溫度，同樣的口味，日復一日，也不知為何乏膩了起來，不到十歲的我，坐在板凳上，雙腿踏不住地板，總是搖擺著肥圓的小腿肚，每日清晨在餐桌旁，屁股磨來蹭去就是不肯乖乖喝完一杯奶粉牛乳。

父親為了誘惑我繼續喝牛奶，便向畜牧商人訂購各種口味的瓶裝保久乳，日日讓我嚐鮮。瓶裝的保久乳是種很奇妙的奶製品，有長達半年的賞味期，而且不用放在冰箱裡冷藏也不會壞。每次廠商送貨都送兩大箱，訂製的塑膠箱中分隔出每瓶保久乳的空間，狀似九宮格的空間裡，呈現著各種不同調味的花花綠綠，粉紅色代表草莓、巧克力調味乳的顏色總是比咖啡口味的還要濃黑且經常伴著沉澱、水果口味一定是黃色、偶而出現比人工黃色澤稍微清淡一點的叫做哈密瓜口味。這些繽紛奶瓶堆疊在客廳前的小玄關，像個大型樂高玩具。同學們偶而來我家玩，看到整箱滿裝的小奶瓶都會好奇的問：「這是什麼？」我很大方地贈送每個人試喝，花樣任選，這是因為我又嫌膩了保久乳。

慷慨相贈牛乳還有另一個原因，就是我超級喜歡使用鐵製又略微生鏽的開罐器，利用槓桿原理撬開玻璃瓶上彌封鐵蓋的感覺。那個充滿力學的動作，伴隨著「砰」的一聲，彷若單獨絕響的成年禮砲，在沒有掌聲的人生舞臺中編織唯一伴奏，獨自迎向成長。只是一個簡單的開瓶動作，常常讓我陶醉於片刻的成就感，以為自己可以像個大人，不必再聽爸爸的話。

保久乳如此方便，常溫保存，即開即飲，但是時序一進入冬天，氣溫開始下降，冷氣團來襲，讓所有的飲料在常溫中都變成冰溫，即使如此，我依然沒有喝過冰牛奶。每次起床，用父親準備好的溫毛巾與溫水刷牙洗臉之後，坐上餐桌，手裡碰觸到的總是溫熱瓶裝牛奶，握在手掌裡暖暖地，立刻驅逐了寒意。年幼的我始終沒有體會到父親的細心關愛，覺得一切都是這麼理所當然：充足的早餐，適溫的牛奶……。直到有一次鄰居姐姐到我家玩，玩到家裡翻箱倒櫃什麼玩意兒都玩完了之後，她突然想喝巧克力牛奶。

偏偏當時保久乳只剩下純白色的原味，沒有巧克力口味。我們翻找冰箱廚物櫃，發現一盒孤單的巧克力。鄰居姐姐說，要喝巧克力牛奶這件事很簡單，如果把巧克力加入牛奶裡面，就會變成巧克力牛奶。於是我們開心地進行這項料理，輕鬆打開瓶罐，放入巧克力，等它們融合在一起，自行演化成為想像中渴望的巧克力牛奶。

那天是入冬後的第一波寒流，氣溫只有攝氏八度，室內大約也只有十幾度，冷冷的牛奶與巧克力，拉扯著各自堅毅的屬性，它們不願意和解，固守原生品格。絲綢般的牛奶始終沒有溶化巧克力的柔情，頑強的巧克力也不具備任何一絲願意釋放可可亞的意願，任憑兩個小女生在那裡瘋癲搖擺牛奶瓶，企圖以蠻力混合兩者的美味，但是，牛奶與巧克力的冷戰依舊像個鐘擺左右搖晃，牽引著互不相讓的零和遊戲，拒絕食物界的雙贏。

「或許應該加熱讓它們溶化。」我說。

把瓶子拿到大同電鍋裡，在內鍋裝滿了水，放下保久乳瓶，蓋上鍋蓋。鍋蓋與鍋體分離，中間挺立著奶瓶圓柱，像個白鐵香菇般蕈狀矗立。蓋不住。

鄰居姐姐丟下一句不想玩了，轉身跑回家。留下我，在電鍋前凝視著沒有顏色的巧克力牛奶，心裡狐疑著：如果電鍋沒有辦法完全蓋住牛奶瓶，也就根本無法加熱，那麼，我每天早上手裡握住的溫熱牛奶瓶，都是怎麼變出來的呢？

保久乳瓶與我相處了一半的童年，直到我吵鬧著要喝電視廣告裡的新鮮牛奶為止。當然，不能久存的新鮮牛奶，又在短短半年之間喝膩，甚至不小心就遺忘到過期，這樣浪費食物，終於讓父親停止溺愛這個任性的小孩。

國中因為學區遠，必須通車，讓晨間起床與盥洗準備更形倉促，每天都來不及吃早餐。正值青春叛逆期的我向父親大膽提議：「不如你每天給我錢去外面買早餐吃。」父親也同意了，每天給我五塊錢買早餐。

那時候在學校附近有個國際學舍，常常辦免費參觀的書展，這些書籍和學校的教科書大不相同，什麼樣奇奇怪怪的選項都有。每次走進這個空間，到處流連翻閱，總在不知不覺中，錯過了晚餐時間，回到家還要讓父親再為我熱一次飯菜。父親多次看著我一邊吃飯，一邊翻閱著教科書以外的書籍，忍不住問我：「這些書哪兒來的？」

正在吃飯的我毫無戒心地回答：「我在書展買的。」

「妳哪兒來的錢？」

這句話像五七步槍轟然直擊腦內靶場紅心，我低頭快速咀嚼食物再也不回答任何問題。

第二天早晨，空氣裡飄散著淡淡的麵包香，略帶一點點烤焦的味道，餐桌上再度出現兩片夾著果醬的土司，和滿滿一杯熱牛奶。所有在青春期之前的記憶都回來了，這個一天比一天蒼老的男人，曾經，幫我梳麻花辮子，用溫毛巾擦拭我的臉龐，扣上襯衫領口頂端的最後一顆扣子，輕輕推撫我的肩膀讓制服的肩線更平整，檢查兩條繫著百褶裙的吊帶是否牢靠，襪子是否摺疊到同樣的高度，最後低頭確認一雙乾淨的皮鞋，才會緩慢地抬起頭，用平靜溫柔的語氣跟我說：「先吃完早餐，出門前確認儀容。」

關於買書的錢，他再也沒有提起，繼續交付我當初約訂的早餐費用，繼續在每日清晨的餐桌上，準備好兩片吐司麵包與熱牛奶，直到我去新竹念大學為止。

至於我在青春發育期，節省早餐錢所買的第一本書，有著像雲一般插畫的韓國詩人許世旭詩集，也在陪伴我經歷苦澀的國中歲月，以很難翻譯的語言在似懂非懂，不懂裝懂，卻還要擺出如雲般飄渺朦朧的身段中，在成年之後突然消失不見了。

英國語言學家、翻譯家、也是歷史學者的 Andrew Dalby 在《早餐書》（*The Breakfast Book*）（註）中，考證到西方文學第一次出現「早餐」這個名詞，始於史詩《奧德賽》，如此算來，早餐文明至少沿革三千多年。更妙的是，達比先生也從古埃及文獻中發現，人們一開始吃早餐的目的是出於健康，為了清潔口腔，

註｜Andrew Dalby, *The Breakfast Book*, Reaktion Books Ltd. 2013

養成個人衛生習慣。

如果這個論述成真，那麼我直到小學畢業前的人生十二年，都用牛奶與吐司麵包清潔晨間的口腔，我好想換換別的食物來刷牙！

父親的生活規律簡單，週一至週六搭交通車往返醫院上班，週日維持早起運動的習慣，跟著太陽的曙光，在住家附近的小公園步行幾圈，伸展四肢，做些晨操。終於，在某次他回眸顧盼的瞬間，發現了公園旁新開的燒餅油條店。

那是個從來沒有招牌，也沒有門面的早餐店，最顯眼的地標，莫過於入口處擺著一座大鐵桶，自天亮起，便燒著輝紅的炭火，隨時烘焙著燙手的燒餅。依靠在鐵桶旁邊，總是出現大油鍋，沸沸揚揚的油面上，漂浮著幾根即將要由乳白變色為蒼黃的油條，一條條彷彿命運的孤舟，獨自航向人類器官的彼岸，離開滾燙的油鍋之後，在胃酸中溶解一生。

罹患糖尿病的父親，不敢多吃甜，一碗清漿一套燒餅油條，是每週日的豪華早餐。他為我帶回來的豆漿總是加糖，當我睡到將近中午餓醒時，懶散地穿著睡衣，走到餐桌只顧大口咬下酥香的燒餅油條，灌進一口豆漿。湯汁滲透了油條的紋理與燒餅的孔隙中，甜甜鹹鹹彷若吞進當下大融合的五味恩愛，是週日晏起記憶中最綿長的滋味，它延宕了十幾年的歲月，悠遠到我從來不問父親，為什麼要在星期天的早上固定準備好一套燒餅油條加豆漿？也飄忽著我從來不認真也不在意的情感，為什麼父親一定要在休假日的早晨，還是這麼殷勤地顧念著我的腸胃與飽足。

炒米粉與白蘿蔔排骨湯是遲至我唸高中時才出現的新鮮食物。

又是吃膩了。勉強喝完一碗豆漿，任憑燒餅油條擺在餐桌上，夏日微風陣陣拂弄著搖擺不定的透明塑膠袋，窸窸窣窣，雜瑣紛紛悶響了一整個下午，除了聲音它沒有任何生命力，被遺忘的燒餅油條雷同於後宮裡冷落的嬪妃，任憑楊柳堆煙，芝麻落盡，白頭也無言可語。

這間攤販，挨著老舊公寓旁的狹仄防火巷邊默默開張了，在我的高中歲月裡，依偎著陰暗的巷口，販售臺式的炒米粉與蘿蔔排骨湯。白蘿蔔切成半截手指頭長度的大小，薄片狀，數量多到每次用大湯勺盛湯，總是撈起魚苗般眾多的蘿蔔塊，和少許的碎肉渣。在大湯鍋裡攪拌之間若隱若現的大塊豬脛骨，是我最喜歡觀察的畫面。一邊是年輕又愛穿吊嘎內衣的老闆，因為終年使力盛湯倒碗還要一滴不漏地為客人打包，這些動作讓他雕塑出肩頸三角肌線條，如練功之人，展臂轉身只為用長筷夾米粉絲、挖大骨湯、盛肉臊汁，動作流暢真有如小吃界的武俠奇才，姿態飛舞宛若指揮湯勺作為傳家之寶，闖蕩飲食江湖的高人。另一邊，我最歡喜在排骨湯鍋中看見真正的豬排骨，總讓我悄悄地感覺到街頭小吃這一行，也是個良心事業，不能因為偏安陋巷就毀了良心，硬把清水變高湯，用味精來唬人。

炒米粉對我來說，是個全然新鮮的玩意兒。在竹製蒸籠裡鋪上一層泛黃的紗布，蒸籠下的滾水持續彌漫出氤氳的霧氣，烘托著那有如小山般的米粉，堆疊著絲絲纏綿的高度，朦朧中的山形彷彿神聖不可動搖，如龕般堅毅，卻在送往迎來的時光中，一層一層讓人無情夾斷抽取它的肌理，終至坍塌凋零。

第一次在炒米粉攤車上，見著一盅油湯分離，攪拌之後才浮出碎肉末的五香肉汁，感到十分好奇。每次老闆在盛盤端送炒米粉的最後一道手續，必定淋上一至二勺的肉末醬汁，拌著米粉一塊兒吃進嘴裡，提攜出我從來沒有體驗過的另番蔥油香，與家中父親燉煮的大塊紅燒肉有著天壤之別。油滋滋的肉臊汁拌著濕潤的炒米粉一起入口，米中帶油，油中帶甘，偶然嚼到了黃豆大的碎肉末，瞬間竊喜一股額外賺到的幸運。

我是外省第二代，從小跟著父親吃水餃麵條長大，家中餐桌上出現的滷牛腱、滷豬里肌都是方正大塊的模樣，從來沒嚐過細瑣的肉臊。唯一有機會見到豬絞肉只有在包餃子時，與蔥花高麗菜末拌在一起的豬肉也早已不像豬肉，泥中互相擁有彼此，讓菜與肉形成精雕細琢的稠漿藝術品，每每在一旁看著父親左手攤開水餃皮，右手俐落地挖上一勺分量剛好的花翠肉球，滾進餃皮，捏成形狀一致的白元寶，鋪陳在大鐵盤中，行列規矩，便覺得見肉不是肉彷彿也呼應了見山不是山的哲理。

父親從來沒有料理過肉臊，但是孩子愛吃，他只好在星期天輪流變換早餐。高中女生情緒多變，有幾次上學之前就是不想喝牛奶，跟父親撂下一句：「我要去買炒米粉。」便直接揹起書包出門。老父親追不上女孩的輕盈轉身，再也沒有機會檢查我是否儀容整齊。曾經在寒冬中為我細心拉上外套拉鍊，扣上襯衫最後一顆鈕釦的記憶，彷彿稀薄的牛奶泡沫，消逝在如風般敏捷的匆匆腳步中。

擔心公車誤點，習慣將早餐打包帶走，那時保麗龍碗還沒有配上蓋子，攤販都用透明塑膠袋裝盛食物，沉甸甸淋滿肉臊蔥油的米粉與蘿蔔湯分成兩袋，在較大的紅白塑膠袋中互相推擁相撞，一路跟隨我擠上公車，行腳到學校。有好幾次我幻想著這兩袋食物如果在公車上被人群擠到爆裂，我該不該勇敢吃下蘿蔔排骨湯「泡」炒米粉與滷肉臊醬汁，在經濟還沒有開始起飛的八〇年代，率先實踐混搭的飲食美學？還好，最終我不得不佩服老闆的手藝，一根圓形塑膠繩，牢牢栓緊了各自裝滿湯汁的塑膠袋封口，從來沒有失誤過，也從來沒有機會讓我滿足幻想，進行一場飲食界前衛的攪和實驗。

同學們在早自習之前看著我大口吃著炒米粉，又喝上一碗熱呼呼的排骨湯，聞香而來，開始委託代買，漸漸地我成為團購中心，最高紀錄一次扛上十六袋炒米粉與排骨湯，身上頓時多了兩個書包，沉重地在左右手之間輪流搖擺。十七歲女生，心眼兒靈俏活潑，漸漸嶄露林黛玉般挑剔的性格，意見浮現，有人想吃原味炒米粉不要肉臊，有人希望肉臊多一點；有人指定喝排骨清湯，有人只要白蘿蔔不願見到豬的骨頭；有人不要豆芽，有人不要紅蘿蔔絲；有人拒絕大蒜泥，有人害怕芫荽的氣味。女生們紛擾不休的要求，讓我頓時明瞭自己貧乏的商業基因，十七歲的我秉持為民服務的崇高理想，默默將所有的重量一肩扛起，再累再麻煩都沒有抱怨，依然搞不定花樣少女的嬌嗔，每一次辛苦地學日本明星阿信百里迢迢從家鄉運送炒米粉到這所女子中學，卻招致一頓不滿與嫌棄，終於有一天，我鼓起勇氣跟她們宣布這間攤販倒閉了！不見了！消失了！才在一陣惋惜聲中，重修我們的友誼。

在這段艱苦送貨的過程中，我對臺式早餐慢慢失去興趣，有好長一段時間，經過那間攤販時我假裝沒有看見，或者匆匆路過，不斷催眠自己，那是個舊時代的產物，小資產階級迫害無產階級的象徵，我曾經這麼辛苦地當個食品搬運工，最終無法討得每個人的歡心，不但被埋怨買東西的時候不負責，總是搞不清楚每個人的要求與獨特品味；更被懷疑這分慇勤是從中圖利，謊報價錢賺取差額利益，從炒米粉和排骨湯之中揩她們的油。縱然大家都知道，這兩種食物除了沙拉油，沒有其它的油水。

炒米粉與排骨湯相當於個人渺小早餐史當中的一段移情別戀，最後又回到了平凡日常的熱牛奶與吐司麵包。這道最簡單的家常食譜，持續綿亙了十八年之久，終於在念大學時更換了菜單。

還記得清華大學通知新生住校的時候，我一百個不情願，習慣了在家裡吃喝隨意又生活懶散的我，跟父親撒嬌說新竹那麼近，我還是要天天回家吃飯睡覺。父親不語，默默幫我找尋往返最便捷的交通工具，發現他工作的醫院對面，就有直達學校門口的專車。

那個年代民營客運公司剛剛開放設立，交通服務業一團零亂，俗稱野雞車的大型遊覽車經常在高速公路上奔馳，以非常便宜的價格招攬南來北往的乘客，卻也經常發生野雞車為了節省時間與油錢，在高速公路交流道旁的匝道直接讓客人下車，拎著大包小包自己沿著柵欄找尋回家的路。

醫院對面的野雞車行，使用小巧的二十人座中型巴士，每二十分鐘開出一班車，臺北往新竹單趟五十元，來回票還有九五折優惠。父親詢問過同事，對這間車行的評價還不錯，沒有發生過意外或奇異的社會事件，搭車的人多半是新竹科學園區的工程師、商務人士、也有學校老師。

「若是真的住校住不習慣，可以每天搭這班車回來，如果趕得上醫院的交通車，我們還可以一起回家吃晚飯。」父親說。

大學課業繁重，根本不可能有機會在下午三點離開新竹，奔波於七十多公里的迢迢長路，只為了趕回臺北吃晚飯。住校之後，晨間的溫熱牛奶與吐司麵包漸漸消失在固定的行事曆，父女之間綿亙十八年的早餐約會，只剩下每週一出發去學校之前，和父親短暫相聚的時光。

父親任職的公家機關，提供便宜的早餐，員工收費五元，親友收費九元。通常打菜的阿姨看到是我陪父親來吃飯，會按照員工價收費，父親跟她推辭了許多次，後來才漸漸接受她的善意。

數十年如一日的早餐，是饅頭白稀飯配上幾份小菜，不外乎醬瓜、肉鬆、麵筋、花生小魚乾與炒蛋，有時候炒蛋會換成半粒鹹鴨蛋。偶而吃到清粥小菜讓我興奮無比，常常追加第二份，而父親總是在安靜吃完他那一盤早點之後，面容祥和地坐在原地等待我的狼吞虎嚥。有一次我問父親這分量不多，吃得飽嗎？他回答我同樣的早餐吃了二十多年，已經習慣了。這個答案很奇怪，沒有回應到我的問題核心，直到多年以後，當我再也沒有機會與父親一同在醫院共進早餐，才想起他這一生，就像清粥小菜一樣，簡單卻滿足。

往後的日子裡，我時常懷念父親在我成長階段裡付出的關愛，而我彷彿也複製了父親的某個動作，在孩子出生之後的每一個清晨，硬是逼迫自己早起，親手準備早餐。

我一直覺得早餐是一天之內最重要的家庭時光！也許承襲自父親數十年如一日的堅持與愛心，也許，心裡也有那麼一點惆悵，即使親身懷胎十月，以肉身哺育相互依偎的骨肉，也有長大的一天，成就獨立的主體生命，不再依賴父母的羽翼，堅持自己嘗試飛行，而越來越遠離父親、母親。因此，我能留住孩子的動作只有比他更早起，在陽光微微浮現迎接純淨晨曦的那一刻，親手為他準備溫熱的早餐，用食慾繼續牽引剪斷臍帶之後的關係，為每一道食材的健康把關，而不是敷衍地去街上早餐店購買速食，喬裝母愛，且冒險讓寶貝吃進來歷不明的各色添加物。

然而，我一片赤誠的理性與母性，卻受到強大的佛洛依德式阻撓與挑戰。也許是小姐時期執拗的積習未改，猶記小文青情調的熬夜閱讀，或三五閨密通宵舌戰葷腥不忌的綺麗，清晨即起對我來說，猶如體內大掃除前世今生的惡業基因，是一種比大腸水療還要徹底還要清淨還要恐怖的心靈環保任務。

前晚入睡時，還發誓要以身教超越言教，一心一意塑造形象良母；天剛亮卻要按掉三個鬧鐘才能眼神呆滯地清醒，狐疑著自己究竟身在何處？我根本無法像個人類移動軀體，全身細胞吶喊呼喚眷戀纏綿的只有床墊、枕頭與夢境。

我不過是做個母親而已，為了愛護兒子的健康只需要早睡早起，親自準備早餐，這麼點小事就哀天喚地，也實在太沒出息。我日日夜夜以反攻大陸的精神敦促自己，終於在三載春秋之後，訓練有成，能夠閉著眼睛穿睡衣走到廚房，打開冰箱讓攝氏五度的低溫驚醒腦神經，開始烹飪愛心。

美國醫生詩人奧立佛．溫德爾．荷姆斯（Oliver Wendell Holmes）最著名的代表作是《早餐桌旁的詩人》（*The Poet at the Breakfast-Table*, 1872），詩中有言：If you like your breakfast you mustn't ask the cook too many questions, I answered.（如果你喜歡你的早餐，千萬不要對廚師提出太多問題。）

我想這句話應該成為兒子的座右銘。

他在嬰兒時期吃副食品時還好應付，任何食物都攪成泥就可以輕易送進他的口腔，像是牛肉泥、水果泥、青菜泥等等。孩子更大一點，不能再用泥狀食物敷衍他的味覺，只好開始變換手藝。變來變去，結果還是變出吐司麵包與熱牛奶。

六歲以前的他沒有意見，起床後餐桌上擺什麼就吃什麼，只是這麼多年來從不間斷的吐司麵包搭配牛奶，逐漸像個千年老妖固定出現在早晨的餐桌上，習慣不會讓痲痺變成美德，它只是漸漸讓人學習失去耐心，孩子的小屁股也在兒童椅上磨來蹬去，完全重演三十年前的童年風景。

我比木訥的老父親多了一點創意，也多了一點聰明，我們這個年代多了網路，我在上面學到好多新鮮玩意兒，比方說將黃澄澄的玉米粒堆成頭髮、草莓做成嘴巴，兩片海苔絲堆成眉毛、鋪在吐司麵包上變身怪叔叔！或是在荷包蛋上放一顆聖女番茄偽裝櫻桃小嘴，再放兩粒黑橄欖做成眼睛，至於那顆煎成焦糖色的蛋黃，則隨君自由想像是否為小丑的大鼻子。可惜這樣的用心並沒有得到兒子的青睞，他是個樸實的人，每每凝視卡通圖案的早餐許久之後，狐疑地轉頭凝視我，那眼神彷彿是說：「這是正常人吃的東西嗎？」

好的！那麼來點正常的，喜瑞爾燕麥片加牛奶，只要在碗裡灑進五顏六色的即食燕麥片，淋上牛奶，就是一份高纖高鈣的營養早餐，所有歐美電影裡面的小孩起床戲都這樣演，同樣的戲碼可以一直演到青少年。只是，身為慈母，養育著年幼的氣喘兒，不願也捨不得讓兒子喝到任何冰涼飲料，擔心增加過敏症狀。於是，一杯溫熱的牛奶必定是母愛的體現，尤其承襲自父親的貼心，晨起的任何飲料絕對都是溫暖的，散發著暖烘烘的溫度。只是，實驗證實，即食燕麥片淋上熱牛奶會瞬間溶解，成為軟綿綿一團稠狀物，不像稀飯也不像單純的燕麥粥，尤其是棕褐色玉米口味的即食燕麥片，溶解在少量熱牛奶中像極了嬰兒的金黃大便，稀中帶稠，差異在沒有令人掩面的味道。

愛的溫度讓很多食物改變了態度。海苔壽司，包裹著熱飯的海苔片瞬間成為黑紫色的壁紙。我最自豪的創意「捏捏飯」，細心捏出一顆顆松露巧克力大小的飯糰，隨意沾黏些薄鹽海苔絲，剛好入口，也是孩子的最愛。只是一不小心將米飯加熱過度，海苔絲立刻變成髮菜，遇熱癱軟黏在白色飯糰上像極了暴怒的女戰神，演繹著手藝不精的現代母親，只有孝心堪稱唯一功績。

為了孩子決心早起，為了孩子挑戰自己最缺乏細胞的廚藝，我像個屢敗屢戰的二等兵，最終還是放棄了所有網路良母的烹飪教戰資訊，回歸到做我自己。每日清晨，比孩子早半小時起床，親手準備新鮮的吐司麵包與溫牛奶，荷包蛋配上一份當季水果，擺在餐桌上，希望寶貝攝取均衡營養，健康長大。沒有花樣，簡單而持續，是我父親一生的生活原則，也是我為人母之後，私心效法的生活料理。

父親在世時，我是被寵壞的女孩，未曾珍惜他的照護；父親過世之後，才發現愈簡單的事情愈難，就像早餐。在生活最困蹇的時候，我不只一次想要對人生繳械，總是在這個時候，會夢到父親。

他溫柔英挺一如往昔，在我們共同度過童年的老家，我準備出門上班，他輕柔地拍拍我肩膀，說：「衣服袖子破了，我幫妳補一補再出門吧！」我向他撒嬌：「我已經到了要退休的年齡，還讓你幫我縫補衣服？我又不是小孩子。」一回頭，看到鏡中的倒影卻是小學生的我，綁著兩條麻花辮子，穿著白衣黑裙的制服，像公主似的平舉手臂，老父親單膝蹲在地上，戴著老花眼鏡，正一針一線仔細為我縫補著破掉的衣袖。縫好之後，他不忘說：「記得，吃完早餐再出門。」

在僅有的陰陽交會中，依然是他溫暖的身影，陪伴我走過夢裡夢外的江湖迍邅。而我，永遠沒有機會為他做早餐了。每次在夢中相遇，我始終來不及問父親：我們吃了一輩子的吐司麵包加牛奶，想不想嚐嚐我的「捏捏飯」呢？但是，我不敢告訴他，這項創意就跟我的人生一樣，大多數時間都以失敗收場。

天亮了，孩子醒了，他看著我含淚的眼睛，說：「媽媽，妳的手冰冰。」我微微一笑，沒有回應。

「今天吃什麼？」孩子問。

「吐司麵包加熱牛奶好嗎？」

「好。妳也要一起吃早餐喔。」孩子抱著我，冰冷的手漸漸有了溫度。

離奇料理

我這輩子最離奇的料理，應該就是害我妹妹差點結不了婚的那道濃湯。

大學畢業以前只會煎荷包蛋，畢業後從事空服員工作，為了省錢在飯店裡方便果腹學會水煮蛋。我是個完全沒有廚藝的黃花閨女，離開荷包蛋與水煮蛋的烹飪世界（或真實人生），只靠想像力建構出完美的品嚐。

那是一趟飛歐洲經過泰國中轉的旅程，在曼谷前後停留六天，同行的姐姐妹妹們早已攻略了許多寶藏，從精品名牌包到芳香舒壓精油、設計師服飾，咖啡杯盤組。幾乎每個組員的皮箱都超重，而我的行囊，卻跟出發時一模一樣，什麼也沒多，什麼也捨不得丟。

最後一天逛超市，年輕妹妹買護髮霜身體乳，就連牙膏也不放過。剛生完小孩復飛的姐姐，特別採買嬰兒紙尿布，據說在泰國，此品牌的嬰兒紙尿布完全由荷蘭商製造進口，品質比亞洲代工生產的精緻許多，又比臺灣便宜許多，不惜超載也要從曼谷扛回去。

望著人手一袋戰利品，我的心終於忍不住騷動起來。我愛吃蔬菜水果，可惜過不了海關；家裡的護髮霜身體乳，還有半罐以上存量，我通常用到最後還會剪開塑膠罐，把剩餘的乳液洗髮精牙膏挖乾淨，評估著這種商品暫時也勿需急著買。最後，看上了一瓶魚露醬油，我覺得這東西最能代表泰國特色，以及我對泰國的回憶，再加上瓶罐造型新穎，類似碑塔，而且價格便宜，大約不超過一百塊臺幣，便決定買回家作紀念。

歐洲長班結束後，通常會安排兩到三天的例休，我很宅，幾乎不出門，也不太吃東西，有天傍晚肚子實在太餓，在廚房裡翻來翻去找食物，突然發現一罐長輩贈送的智利鮑魚罐頭，幽靈般靜止在櫥櫃深處，保存期限已經模糊得看不清楚。我知道鮑魚是高貴的食材，但是從來沒有親手料理過，當時是一九九三年，網路並不發達，無法立即向孤狗大師求援。我餓到只想立即飽腹，便把罐頭當做即食晚餐，打開就吃。

我直接拿起這顆渾圓肥碩的鮑魚，咬上一口，滋味甘甜，咀嚼起來軟中帶脆，彷彿與外柔內剛的名門仕女對話。初次品嚐名貴的鮑魚，感官之間只覺唇齒碰撞著比天婦羅堅韌，又比貢丸綿細的肉球，只是甘甜之後，隱隱約約帶著一股輕微的腥味。然而這腥味並不膚淺，彷佛牽引著腦海裡某種記憶，沉澱於寧靜的大海深處，屬於三億年前脊椎動物始祖的上流社會。捉摸不透的神祕，源遠流長的血脈，原來是高級品共同的特質。

因為有點腥味，不敢繼續生食，心想就放進鍋裡煮熟吧！將手中這塊圓滾滾的鮑魚切片之後，全數放入滾燙的開水中熬煮，剩下鮑魚罐頭裡的湯汁，讓人有點猶豫。我一向對罐頭湯汁反感，總覺得在鐵鋁製品中禁錮太久的液體，有如生化人體質，不但味道充滿了金屬鐵鏽，過度濃縮的納離子也超越正常細胞的負載量，每每喝下一口便需要十倍白開水稀釋，要不然我會覺得我喝下的是水銀。所以像鳳梨罐頭、玉米罐頭、醬瓜罐頭那裡面的湯汁我從來都是丟棄的。

但是鮑魚啊！食品界的皇后，饕客的天菜！豈能容我這庸俗的人糟蹋她一絲一毫的美麗，那濕濡交歡的濃醇汁液豈容唾棄！那穿透鮑魚之後蜜蜜黏附再也分不開的水分子，是最忠心的仰慕者，是甘願同時在幽冥天地間蝕骨浸泡、體銷神毀也要纏綿的人間精華。

於是整罐湯汁倒下鍋。

又是一股淡淡的腥臊。所幸久煮之後這股味道逐漸消弭，然而我望著鍋裡白茫茫一片，攪拌著滾水翻浪的鮑魚片，單調地彷若久病的裸體女子，需要一點裝飾品。我打開冰箱試圖搜尋彩色蔬菜，見到西芹、白蘿蔔與紅蘿蔔。心想，就這麼決定了，鮑魚蔬菜湯，紅紅綠綠多美麗啊！

開心地在廚房裡洗洗切切，爐上的水依舊滾煮著，微微蒸散出一股鮮香，在浪濤洶湧之間，鍋子裡皇后與情人的翻雲鳳飛即將因為第三者加入而展開全新的關係。我毫不猶豫地將切成條狀的三種蔬菜丟進去，像是作畫般隨性。須臾之間鍋中色彩繽紛，但是原本的秀雅之香逐漸混濁了另一種，我也說不出來的怪味。芹菜高纖，是健康蔬材，卻有股微嗆的辛味，讓有些人拒食；紅蘿蔔也是同樣的道裡，某些品種帶著土味，令人聯想起不洗澡的木乃伊；白蘿蔔在這兩種蔬菜中簡直是個純白的仙女，卻因為無能的主廚，勉強加入這場戰爭。

這鍋湯開始讓我有種不祥的預感。

翻滾中的鮑魚蔬菜湯彷彿是命運的縮寫，原本想要簡單素淨過日子，卻又不甘於無色的人生，硬是招惹了芹菜紅蘿蔔，讓這海陸兩界從來沒有交集的食物湊在一起，烹調出說也說不出的惆悵。頂級的鮑魚，被我摻合了不適當的蔬菜之後，混淆了所有的價值。我開始慌亂，愈是明白了錯誤，愈是想要用更強烈的味道掩蓋住已然不幸的味道，就像說了謊的人會編織更多的謊言來彌補前一個謊話。

於是，我打開冰箱尋找救星，剎那間發現了那瓶冰鎮之物，在曼谷超市眾裡尋他，毅然買回的泰國魚露醬油，全家唯一的舶來品，雪藏在冰箱角落的異國紀念碑。我在泰國品嚐的第一道佳餚即是「馬來風光」，以為只是添加魚露調味的蒜炒空心菜，後來經人指點，才知道那裡面還摻有一種蝦膏叫做Sambal belacan。不過廚藝平庸，頭腦簡單如我，偏偏留戀在「魚露」這兩個曼妙的中文字裡，以為平凡的空心菜，點綴了魚露就能搖身一變成為東南亞餐飲最具特色的經典代表作。那麼加入魚露的鮑魚蔬菜湯，也許還能學學鹹魚翻身。

鮑魚、魚露，應該是本家，聯合起來對抗西芹紅白蘿蔔，私心揣想可能有機會挽救瀕臨失敗的料理。於是我一股腦兒將半瓶魚露添入鮑魚蔬菜濃湯中，當陣陣撲鼻的奇特香味襲來，頓時感覺到這已經不是烹飪的藝術了，這是修行的藝術！魚露中早已發酵釀油的蝦兵蟹將，彷彿起死回生，披載青甲鋼盔攻擊我的鼻腔，整兵操演的陣仗，讓煮熟的西芹紅白蘿蔔更加疲軟，只能默默以五辛之味抵抗。原本的女主角——皇后鮑魚已經繳械，像是慈禧太后遇到八國聯軍倉皇之中連夜遁逃山西保命。《楞嚴經》中提到修行之人應當斷絕氣味濃烈的五辛食物，因為「諸惡鬼等，因彼食之，舐其唇吻，常與鬼住。」我雖然不是使用青蔥大蒜韭菜等五辛調味，但我毫無章法的指揮調度，儼然激發出所有食物中的劣根性。鮑魚、西芹、紅蘿蔔、白蘿蔔甚至魚露，分開品嚐皆各有其無與倫比的美味，各自放對位置作出適當的料理，更是餐桌上的美飧佳餚，而如今，這些食材被我激溢出它們生命中前所未有的火花，媲美滿頭星星可以焚燒的詭奇之火。

我不甘心就這樣宣告嗅覺的戰敗，硬是挑戰口腔的味覺。喝下第一口鮑魚蔬菜湯，通體震撼！左半身是琉璃寶華莊嚴頂放百寶光明、勝淨妙善紫金光聚般的極品甘露；右半身卻是循造惡業飛墜承煙、歷劫燃燒入無間地獄般的腥羶冤孽。一碗湯可以被我烹飪出六道輪迴，連我自己都驚奇不已。

妹妹下班回到家，問我：「這是什麼味道？」

「上等高貴的鮑魚蔬菜濃湯。」我優雅地回答：「使用一罐兩千元的頂級智利鮑魚，再加上獨特調味，只煮出兩碗，不喝可惜。」

我熱情地遞上一碗濃湯，請她品嚐。「妳自己為什麼不喝？」妹妹好奇地問。

「我已經喝過了，特別留下這碗給妳，價值一千元喔。」

節儉是我們家的祖訓，因為一碗一千元，讓妹妹半信半疑地將濃湯喝完，我看到她臉上扭曲的表情，每喝一湯匙，便要問一聲：「這真的有這麼貴嗎？」

「當然。」我毫不遲疑地回答。

一個月後，妹妹男友的家人宴請，為了表示慎重，特別選在當時最具盛名的魚翅鮑魚料裡專門店用餐，在當時，這間餐廳一個人的低消要兩千元以上，可見準妹夫家真摯的情意。

妹妹回家後轉述當晚用餐的過程，第一句話便是：「朱國珍妳害我差點結不成婚。」

她氣呼呼的說：「大姊請吃飯，沒想到第二道上桌的就是鮑魚，我一聞到那味道當場作嘔反胃，差點吐出來。大姊和大姊夫一直用狐疑的眼神看著我，似乎在懷疑我是不是未婚懷孕？當所有人都吃完了眼前的鮑魚，只有我一直強忍快噴出來的胃液。大姊客氣地問我：『吃不習慣嗎？』山珍海味機會難得我怎麼可能吃不習慣，只是那鮑魚有問題，非常大的問題。」

「珍饈美味有什麼問題？」我故作輕鬆地問。

「妳還敢說！一時之間我只好拜託男友幫我吃掉那盤鮑魚，並跟他家人解釋我剛好沒有那麼餓。這個爛藉口害我後面的魚翅大餐都只能吃一半，結束後才偷偷跟男友告白，都是因為妳燉的那碗鮑魚蔬菜濃湯，什麼一碗一千元的頂級料理，害我吐了一個晚上，到現在只要聞到任何一絲絲跟那碗湯有關係的味道，就會吐到胃食道逆流。」

據說我妹妹終生不敢再吃鮑魚，此後凡是聞到魚露、芹菜、紅白蘿蔔的味道，就會衝到廁所裡準備收驚。還好她後來還是跟男友順利完婚，夫家的親戚也沒有發現她不吃鮑魚的祕密，算是黑色喜劇收場。

食物界的暗黑料理，我已經習慣自己作弄自己；真實的人生料理，往往更離奇。

十八歲大學聯考前三個月，為了舒壓，重拾小學最愛的漫畫《千面女郎》，一口氣從頭看起，鬱悶孤獨的青春，此時突然被女主角「一生只做好一件事」的熱情感動，以為戲劇是文學的變形，劇場就是文字的立體呈現，激勵我渴望成為華文創作界中的莎士比亞，寫出千古流傳的劇本與十四行詩。因此，毫不猶豫地選擇當時新創校的國立藝術學院戲劇系，成為第五屆新生。

民國七十五年的暑假，我頂著大學新鮮人光環，給自己一個舒暢的假期，整天在街上逛逛走走吃吃，試圖彌補高中三年的囚禁。某天逛到了忠孝東路四段光復南路口，遇到有位大姐正在發傳單，經過時趨前塞給我一張，說：「妹妹，想不想當明星？」

我家雖非名門，卻也是書香世家，從小被灌輸「婊子無情戲子無義」的傳統思想，正當做人、規矩做事、誠懇待人、切實讀書，這四句話是老父親晨昏定省的家訓。進入「演藝界」？光是聯想到這三個字，就覺得沾了一身腥。

「妹妹妳是大學生嗎？」那位大姐繼續追問。

我點點頭。她又問我念哪兒？我說出了新學校的校名。

「那太好了！」她說：「我們公司正想全面提升演藝人員的素質，尤其是節目主持人。現在正在全國進行公開招考，完全不用報名費，只要有高中學歷以上就可以報考主持人，國中程度以上可以報考演員。」

說完她竟然拉著我的手，說：「走！我帶妳去報名。」我驚嚇得立刻退後三步，問：「妳要帶我去哪兒？」

「中華電視公司。妳看文宣上面寫得很清楚，妳再轉過頭去瞧瞧，華視大樓就在那邊，華視會騙妳嗎？」

那是個電視機裡只有三家無線電視臺可以觀賞的年代，是每一個節目的平均收視率都達到百分之三十的黃金歲月，只要在電視裡露過一次臉，立刻被全國兩百萬以上的民眾認識，形同光宗耀祖。

即使如此，我依然疑惑地打量著對方。

「妹妹，我在華視已經工作十幾年，不會認錯人，妳有端正的五官，是標準的 Camera face，上鏡頭一定很好看。如果成為華視簽約的演員，會有合理的酬勞，妳也可以賺點學費啊！」

「比臨時演員的兩百塊多嗎？」我問。

「當然！而且多很多。妹妹妳就來試一試吧，我們公司真的希望能找到頂尖的人才。」

我被這位大姐半推半就地拉到了華視大樓，填好報名表，立刻初試。考官先要我掀開額頭的瀏海，看正面、轉左邊、轉右邊，仔細檢查臉型的各個角度，之後指示我當場自我介紹。這對我來說一點也不困難，從小學開始就代表出征各類演講比賽，最佳成績是臺北市語文競賽即席演講第一名，掰出個完整的身世不是難事，我只是覺得這樣省視我的臉龐有點奇怪，好像這顆頭顱是一個動物標本，等著待價而沽。

沒多久就收到了複試通知單，這次要進攝影棚，主辦單位特別提醒屆時有三個錄影機同時拍攝，現場隨機抽取題目，上臺之後只有一次表現機會，務必好好把握。

既然已經進入決審，憶起國父孫中山曾經說過一句名言，也是列在高中文化基本教材的開宗明義：「一件事從頭到尾做完就是大事。」我是乖孩子，四書裡最受教於論孟，愈八股愈激勵鬥志。想想高中三年，連一次男女生聯誼的經驗都沒有，青春太無趣，不如嘗試完成這件奇遇，無論成功或失敗，都可以當做民國劉姥姥逛攝影棚，留一段話當年的人生插曲。也許，還有機會見識到真正的大明星。

決審結束後一個禮拜，華視打電話來通知簽約，希望我在下週六以前帶印章身分證去節目部簽署基本演員合約。

「一定要簽約嗎？」我在電話中詢問。

「小姐，這次全國招考，報名人數將近一萬人，最後我們只錄取三個人，妳應該覺得很高興。」

一想到簽約就像是簽下了賣身契，對我這種孤傲的知識青年而言，是自由主義的敵人。心想，我可是那十萬考生只錄取兩萬的大學新鮮人，十八歲以前，讀書始終是我人生最重要的目標。

「小姐，簽約不會影響你求學念書。妳只要記住兩個重點，第一：因為現在只有三家電視臺，所以簽約之後，妳不可以在其他兩臺露臉。第二：如果接下連續劇，不可以演戲演到一半不想演了，或消失了，這會造成劇組很大的麻煩。此外，我們只安排妳演出機會，絕對尊重妳的選擇，不會強迫妳接受不想演出的節目。」對方嘆了一口氣，接著說：「簽這份合約，對妳只有好處沒有壞處，不必來公司上班打卡，每個月還有三千元車馬費可以領，妳還要考慮什麼？」

「我再想一想。」最後我這麼回答。

我從來沒有考慮過演藝工作。一方面聽街坊鄰居閒聊太多負面的新聞，特別是那時候，社區裡住著一位演過戲的老太太，每當她出來買菜或倒垃圾時，三姑六婆們紛紛在她背後比手畫腳說她曾經是大明星，竊竊私語討論著她的生活種種。那時候，我就覺得身為一個公眾人物很可悲，她安靜工作過生活究竟招惹了誰?只不過出門走走，就要被當作市場上論斤論兩販賣的豬肉，被人討價還價議論半天卻沒人提起公道。另一方面，對於表演，我自忖完全缺乏天賦。童年與鄰居小朋友玩歌唱比賽，由年紀最大的姐姐擔任評審，某次我鼓足勇氣演唱當時的動感歌曲《我愛月亮》，搭配自編的舞步，結果得了最低分。評審感言：「這位小朋友勇氣可嘉，但是妳跳舞好像不小心吃到了辣椒。」

這句名言烙印在我心裡，直到現在都還覺得是童年創傷

藝術學院修課一學期至少二十五個學分，剛從紐約回國的年輕老師熱情地將一學分的時間延長為三倍奉還，每天早出晚歸我根本忘記了簽約這回事。直到再次接到華視打來的電話：「明天是簽約最後一天，請妳務必過來。」

「可是我還在考慮。」

「考慮什麼?這份合約，只有好處沒有壞處，妳不要再考慮了。」華視老大哥的口氣依舊祥和，我猜他應該是非常習慣面對各類「藝人／異人」。

「明天在辦公室等妳簽約。」老大哥最後堅定地說。

至今我仍然覺得這段過程彷若奇蹟！只是看了我的臉，聽我在舞臺上說一段話，觀察我的臺風，就決定我是個演藝人員的材料？這一切太像童話故事！我的家庭與電視臺從來沒有任何關係，父親是基層公務人員，獨力撫養我長大，最愛傳授論孟儒學，最大的心願是栽培我到大學畢業。那年夏天，我就這麼一個人走在街上被星探發現，配合參加考試，竟然開啟了人生的另一個世界，從此步入所謂的「演藝圈」。公司確實信守承諾，除了每個月按時匯入車馬費，也從來不勉強我接受沒興趣的節目，比方說綜藝節目《每日一星》。當時這個節目安排在午間新聞結束後的十分鐘播出，是個熱門時段，但是表演者必須穿著華麗的晚禮服，在指揮「詹森雄」先生所領導的大樂團伴奏下，現場高歌一曲。

這些年我演過連續劇、單元劇、主持過兒童節目、社教節目、也上過雜誌封面。我總是素著一張臉搭乘公車，提早一個小時到公司梳妝打扮，準時錄影。我對文字具備天生的敏感度，念稿很少NG，也因此節目接個不停，最具代表性的《莒光園地》主持時間長達二十五年。電視臺的工作看似風光，我依然節儉如昔，每次錄完影最開心的事情就是去屈臣氏買一包糖果，在搭公車回家的途中默默品嚐，安慰自己的努力。

藝術學院的課程讓我認清了戲劇與文學的距離，隔年轉學考進清華大學中語系，課業壓力更重，我卻在這裡找到了內在的靈魂，求學過程充實愉快。華視穩定的薪資成為獎學金，支持我新竹臺北往返還有生活所需。鎂光燈下我對著攝影機說話毫無膽怯，因為機器沒有鼠肚雞腸的心眼，它只認識專業，每一次上臺之前我努力蒐集資料背好臺詞，專業是超越自我的挑戰，我一次比一次更勝任。但是面對人群，我是害羞的，甚至害怕的，在清大讀書時只固定出入三個地方，教室、寢室、圖書館，偶而會到湖邊獨自散步，總是一個人。我常常想起小時候那位在背後總是被人指指點點的女明星，思忖著我現在是不是也被人在私底下盤算個不停。我學著不在乎那些竊竊私語，時間是我抵禦閒言惡評的盾牌，耐心是我的武器，我默默認真工作，努力求學，是眷村裡唯一考上清華大學的年輕人，數年後正式加入華視成為新聞主播。那些曾經嘲笑單親家庭小孩沒有家教的長輩，後來對我父親特別恭敬。

在單親家庭中成長，一切都要靠自己努力。從演員、主持人、空姐到新聞主播，我珍惜每一個工作機會，在上臺之前充分準備，一次又一次模擬排練，預設各種突發狀況，設計題庫與答案，就怕任何草率與疏漏，我常年胃絞痛可能與嚴謹的自我要求有很大的關係。在工作的領域裡，我認真負責，執行有效率；但是，在愛情的領域，卻毫無應變能力。工作經驗多彩多姿，感情經驗卻近乎白紙，我這一生只有兩個戀人，一個是初戀男友，一個是離婚的前夫。我虔誠地獻身於愛情，堅持二十五年的歲月，卻換得支離破碎。或許，這也可以算是另一份人生的離奇料理。

念麵不忘

父親愛吃麵，最愛家鄉味的麵片兒。他體力還行的時候，會自己揉麵粉糰，擀麵片兒。二〇〇一年初，姊姊和姊夫克服困難從大陸來到臺灣，探訪高齡八十二歲的父親，行前致電父親，需要什麼東西？父親的心願，只想吃麵片兒，希望姊夫從家鄉帶一根專門擀麵片兒的木棍。我們都覺得很奇怪，這東西，臺灣沒有嗎？父親說：「就是要老家的擀麵棍兒才順手，才能做出道地的麵片兒。」

生活儉樸的姊姊和姊夫，兩人只揹著一個手提行李袋，從遙遠的河南省來到臺灣，在香港轉機耗費一天時光，終於抵達臺北的家。當面見著父親，姊夫立刻從手提袋裡，興奮地取出胖、中、瘦三根木頭擀麵棍兒，分別抓在左右手上，像是李小龍拍電影耍弄的三節棍，只是這三根沒有線頭串在一起。他滿心歡喜地問父親：「是不是這個？我把所有的尺寸都帶齊了。」

我驚訝地問：「這個？你帶到飛機上？」

姊夫笑著回答：「我們只有一個手提袋，很方便。」

「不！我的意思是，這個東西沒有被海關沒收嗎？看起來好像武器。」

「是呀！我們一路都被要求檢查，還用機器照半天。我跟他們說呀，這只是麵棍兒，說了好久他們才讓我通過。」

姊姊、姊夫來臺北和父親團圓的最後四十天，吃掉了十公斤的麵粉。每天都用擀麵棍兒，擀出各種麵食，有麵片兒、麵條、餃子皮、麵疙瘩等等。

從小就聽父親說，家鄉的麵片兒，是他一生最懷念的美味。我一直以為這麵片兒，應該是種華麗繁複的料理，具備了佛跳牆的精品檔次，才會令人念念不忘。然而，當父親最愛的麵片兒，在姊夫巧手揉麵糰，現切現煮，呈現在我眼前時，我整個傻眼了。那就是一碗稀釋的麵糊煮餃子皮，而餃子皮不是圓的。

這就是麵片兒？

「是啊！」父親滿足的說：「就是要現做，熱開水煮熟，新鮮的喝，什麼料都不用加，品嚐原味。妳細細體會，這湯裡面，有很多的滋味，它看起來平淡，但是吃起來不平凡。」

這句話，直到父親過世多年，我才恍然大悟，他所謂的不平凡，其實是感恩的心情。一碗麵片兒，有來自靠天吃飯，種植小麥的農民汗水；有花費時間揉麵糰擀麵片的廚師辛勞。這過程沒有花言巧語，沒有浮誇裝飾，只有默默低頭，努力認真的工作。做飯與吃飯的人，心願素淨如白湯麵片兒，除了感恩，沒有雜念，是對天地萬物最大的誠意。

這幾年掀起牛肉麵風潮，民間單位出版《臺灣牛肉麵評鑑》從全省數萬間牛肉麵店中，由飲食專業評審團選出排名前一百七十三間店，給予五星至一星的評價。然而，對我而言，這輩子吃過「滿天星」級的世界上最好吃的牛肉麵，永遠是爸爸親手燉煮的那一鍋。

念大學時在新竹住校，每週五晚上返回臺北的家，永遠有一鍋熱騰騰的牛肉湯在瓦斯爐上等待著我。一進家門，父親總會先問：「爸爸給妳下麵囉？」我說好，沒多久，一碗灑上青蔥，堆滿麵條與大塊牛腱的牛肉麵就上桌了。後來我不讓父親煮麵，倒不是我這個驕寵的女兒突然變得善體人意，而是，大學女生怕胖，拒絕吃麵條，但是抗拒不了牛肉湯的香味，不敢跟父親承認自己的挑食，躲進廚房逕自舀出一大碗牛肉與湯，加入青菜，吃得滿嘴油膩，以為這樣不會胖。

父親的牛肉麵手藝，我猜是從一位素昧平生的俞伯伯那兒學來的。俞伯伯比父親年長七、八歲，那年，他不知遭遇了什麼困境，隻身來到臺北，在我們居住的公務員眷舍附近徘徊，想要尋找一位老朋友，他到處詢問，卻沒人聽得懂他的湖南鄉音，巧遇我父親，打聽之下，才發現，俞伯伯的老友早已過世多年。

他聽了之後滿臉惆悵。父親一時心軟，問他有地方住嗎？他說沒有。有什麼打算嗎？他說他會做牛肉麵，想租個攤位賣麵。父親說，街邊三岔路口的大榕樹下，有間多年無人居住的小瓦屋，也許有機會談談。目前，自宅還有一個空房，俞伯伯若沒地方去，這幾天，可以先留宿。

當年，父親就這樣把一個從不認識的外省老伯伯，請到家裡住。老伯伯果然燒得一手絕妙好牛肉，我們每天都吃得很開心。三岔路口荒廢多年的小瓦屋，也在父親的詢問與斡旋之下，讓俞伯伯以很便宜的價格順利租到。請工人粉刷乾淨，買了不鏽鋼攤車，整理出一個夾層當作睡鋪，俞伯伯便告謝父親搬了出去。不識字的他，常看我們在家練習毛筆字，牛肉麵店開幕前，懇請父親幫他寫張價目表，父親很得意，練習了好幾張，終於挑出最滿意的書法，端正的楷書在宣紙上清晰地寫著：「紅燒牛肉麵大碗拾捌元、小碗拾伍元」。

那張價目表，俞伯伯恭敬地裱框起來，高高掛在牆上，我每次到這間小店，看到牆上工整的毛筆字，感覺特別驕傲也特別有味道。位在三岔路口的小屋，剛好是六十一兵工廠與聯勤總部後門的出入要道，牛肉麵店一開，生意興隆，沒多久就讓俞伯伯生意穩定。牆壁上裱框的人工毛筆字，也在店主人賺了大錢之後，被體積更大更醒目的壓克力印刷字體取代了。那張宣紙毛筆字價目表，在全新的招牌掛上之後，連框帶紙被丟棄在垃圾堆裡。我在回家途中，看到父親的親筆書法斜倚在堆滿果皮紙屑的電線杆旁，心裡有一股說不出來的難過，卻沒有勇氣為父親拾回他的誠意。

父親三歲念私塾，熟背四書五經。他生長在用毛筆寫字還有騎馬的年代，在我小時候，最愛說將來反攻大陸，要送我一匹「雪裡藏針」的名貴白馬。為了將來見爺爺奶奶，從我會提筆寫字時就學習書法，命令我親手練習硯臺磨墨，因為書法不是只寫出一手漂亮的好字，而是從耐心磨墨之中鍛鍊心性。接著永字八法的點豎撇練了兩年，才讓我臨摹碑帖。我喜歡柳公權，父親請名師檢驗我的毛筆字，名師認為我臨柳公權已臻化境，但字裡行間透露著機敏與浮飾，應加強穩定性，建議改臨顏真卿，學習厚實與端莊。我偏不喜歡肥肥圓圓的顏體，每次臨完顏真卿交代了事，硬是再摹柳公權，寫了幾年，變得不三不四。

曾經有算命師父經過家門口，奶奶請師父進來喝茶。師父說我爸爸富貴雙全，是有福之人，可惜四十歲以後看不見了。

爸爸告訴我這個故事的時候，是因為十歲的我正在看算命的書，問了他有關命運的問題。他說算命師父的話不要相信，因為他現在五十八歲了，還活著。

爸爸您忘了，四十歲以後不是直接面對死亡，而是經歷悲莫悲兮生別離的命運。這輩子，再也沒有受到祖父母的庇蔭，也沒有機會償還那分恩情。

許多年以後，我才明白，為什麼爸爸常常在家寫書法，寫完了都嫌字不好而撕碎或丟棄。父親的書法剛健秀挺，任何時候都能寫出筆觸流暢，線條正直的字跡，在我心目中，是最完美的墨寶。有一天我從垃圾桶裡把他丟掉的書法收起來，被發現了，問我為什麼？我說我要！我要留著，一輩子。

結果他再也不寫了，也不撕碎任何紙張。我看著父親遺留的書法，想起那匹雪裡藏針的白馬，還有返鄉拜見爺爺奶奶的心願，今生都無法完成了。已經走過的人生，就像撕碎的過去，再也回不來；能強留一輩子的，也只有當下的記憶。父親為我煮麵直到他煮不動為止；來臺探親的姊姊與姊夫，為父親擀麵片兒，在全家人最後一次的團圓。四十天吃掉十公斤麵粉，還是麵片兒最讓人念念不忘。如今姊姊與父親已在天堂相聚，那兒也是一個像清湯白麵片兒素淨的地方嗎？我好想親手為你們料理一次麵片兒，等我們相聚的時候，一定要再給我一次機會喔！

二魚文化　文學花園　C123

離奇料理

作　　者　朱國珍
插畫繪圖　朱國珍
責任編輯　林家鵬
美術設計　費得貞
行銷企劃　溫若涵
讀者服務　詹淑真

出 版 者　二魚文化事業有限公司
發 行 人　葉　珊
地址　106 臺北市大安區和平東路一段 121 號 3 樓之 2
網址　www.2-fishes.com
電話　(02)23515288
傳真　(02)23518061
郵政劃撥帳號　19625599
劃撥戶名　二魚文化事業有限公司
法律顧問　林鈺雄律師事務所

總 經 銷　大和書報圖書股份有限公司
電話　(02)89902588
傳真　(02)22901658

製版印刷　彩達印刷有限公司
初版一刷　二〇一五年一月
I S B N　978-986-5813-47-5
定　　價　三二〇元

題字篆印　李蕭錕

國家圖書館出版品預行編目(CIP)資料

離奇料理 / 朱國珍著. -- 初版. --
臺北市：二魚文化, 2015.01 256面；
14.8Ｘ21公分. -- (文學花園；C123)
ISBN 978-986-5813-47-5(平裝)

855　　103024891

二魚文化 讀者回函卡　讀者服務專線：（02）23515288

感謝您購買此書，為了更貼近讀者的需求，出版您想閱讀的書籍，請撥冗填寫回函卡，二魚將不定時提供您最新出版訊息、優惠活動通知。
若有寶貴的建議，也歡迎您 e-mail 至 2fishes@2-fishes.com，我們會更加努力，謝謝！

姓名：________________ 性別：□男　□女 職業：____________

出生日期：西元 _____ 年 ____ 月 ____ 日 E-mail：______________________________

地址：□□□□□ ___________ 縣市 ___________ 鄉鎮市區 _________ 路街 _____ 段 _____ 巷 _____ 弄 _____ 號 _____ 樓

電話：（市內）______________　（手機）________________

1. 您從哪裡得知本書的訊息？
□逛書店時
□逛便利商店時
□上量販店時
□朋友強力推薦
□網路書店（站名：____________）
□看報紙（報名：____________）
□聽廣播（電臺：____________）
□看電視（節目：____________）
□其他地方，是 ______________

2. 您在哪裡買到這本書？
□書店，哪一家 ______________
□量販店，哪一家 ____________
□便利商店，哪一家 __________
□網路書店，哪一家 __________
□其他 ______________________

3. 您買這本書時，有沒有折扣或是減價？
□有，折扣或是買的價格是 ____________
□沒有

4. 這本書哪些地方吸引您？（可複選）
□內容剛好是您需要的
□價格便宜
□是您喜歡的作者
□封面設計很漂亮
□內頁排版閱讀舒適
□您是二魚的忠實讀者

5. 哪些主題是您感興趣的？（可複選）
□新詩 □散文 □小說 □商業理財 □藝術設計 □人文史地 □社會科學
□自然科普 □醫療保健 □心靈勵志 □飲食 □生活風格 □旅遊 □宗教命理 □親子教養
□其他主題，如：________________________________

6. 對於本書，您希望哪些地方再加強？或其他寶貴意見？

____

____

廣告回信
臺北郵局登記證
臺北廣字第02430號
免貼郵票

106 臺北市大安區和平東路一段 121 號 3 樓之 2

二魚文化事業有限公司 收

文學花園系列

C123	離奇料理

●姓名

●地址

二魚文化